비켜가는 바람이여!

김관수 시문집

도서출판 선영사

책을 내면서

　이 나이쯤 되면 누구나 한 번은 살아온 인생을 뒤돌아보게 될 것이다.

　어쩌면 뒤돌아보고 싶지 않을 수도 있다.

　그렇지만 내가 걸어온 발자취인데 한 번쯤은 뒤돌아보면서 뭔가를 찾아내야 하지 않을까?

　이제는 백 세 시대가 된 것 같다.

　너무나 꼬장꼬장한 노인네들이 많은 걸 보면….

　난들 백 세를 못 채우라는 법이 없을진데….

　그럼 내 인생살이도 앞으로 휠! 각본을 함 다시 짜 봐야지 하는 생각이 불현듯 들었다.

　그래서 지나온 발자취를 더듬어 볼 필요가 있다고 느꼈다.

　잘못 살아온 인생이라면 뭔가 수습을 해야 하지 않겠는가!

　그렇다고 남은 인생에 수정안을 대입해 봐도 그 팔자가 그 팔자이지만….

　내가 살아온 인생을 반추하면서, 한때 휴면기를 맞아 인터넷에 심취하면서 긁적대던 어쭙잖은 글쓰기가 생각이 났다.

　그래서 이번에 결심을 했다.

　'볼품없는 시작(詩作)이지만 맵시를 넣어 한 권의 책으로 펴 보면 어떨까?'

이런 생각을 하게 된 것이다.

여러분께 소개하게 될 이 긁적거림은 온통 나만의 착각 속에서 펼쳐지게 됨을 고백한다.

공감을 얻어낼 수 있으면 금상첨화가 되겠지만….

이 글들은 앞에서 말한 바와 같이 정치에 손을 떼면서 은둔 중에 집중적으로 이뤄졌으며, 인터넷 영상시 동호회(映像詩同好會)에 가입해서 영상을 올리는 작업에 매료된 것이 그 계기가 됐다.

그리고 무엇보다도 다른 회원들은 기존 시인들의 좋은 작품을 골라 영상을 만들었지만, 나는 한 작품 한 작품 만들 때마다 바로바로 시어(詩語)를 써서 내 작품으로 영상을 만들었던 것이다.

그런데 일부 회원들이 내 작품을 본인들 카페에 대문으로 사용하고 있음에 점점 용기를 내어 작품 활동을 하다 보니 오늘 이 시집을 펴게 된 것이다.

독자 여러분!

별로 감동과 감흥이 없을 것이지만 평범한 한 인간의 내면 세계를 들여다볼 수도 있겠구나 하는 관점에서 이 글들을 대해 주시기를 부탁 드립니다.

끝으로 책이 나오기까지 물심양면으로 살펴주신 선영사 김영길 사장님께 깊은 감사를 드립니다.

2015년 11월 서교동에서
김관수 드림

목차

2 | 저 빗줄기 속에서

3 | 김관수 칼럼

1

비켜가는 바람이여!

비켜가는 바람이여!

■ ▦ ▨

파란 원색으로 더 높아진 하늘!
팔을 뻗쳐 닿고 싶고나
허공에 표적 없이
휘이 휘이 저어대던
내 손길이 표적을 찾아
하늘 끝을 가리키누나

가서 잡아 팔소매에
걸칠 수만 있다면
와락, 천상을 날고 싶은
허망한 욕심을 채우련만…
그게 바로 난망한 부질없음—
또 하나의 허망한 바람(祈願)인 것을———

살갗에 스치는
시린 바람이 가슴만 차게 하고
청량한 상큼함은
더러운 육신의 절절한 땟국물에
자리할 줄 몰라
비켜가는 바람!

가을 바람으로 아직도 주위를
맴돌고 도는구나
아~아 가을 바람!
비켜가는 바람이여!

도시의 이단아인가

■ ■ ■

며칠째인가 벼르면서
가고픈 낙엽 밟는 거리

골목 어귀 나가 조금만 발품 팔면
도회의 공간이라는 틀 속에선
미처 못 떠올리는
한량없이 붉은 단풍 산이
지척에서 손짓하며 부르는데…

세파의 상처 몽땅 걸머진
순응 못 하는 도시의 이단아인가…
한 걸음도 밖을 향해 뛰지 못하네

만근 무게로 끌어당기는
저 속절없는 흡인력을
끊지도 못하는 야속함이여, 나약함이여…

찻잔의 얼룩

늘상의 쳇바퀴
툇마루에 앉아
배달된 조간을 펼쳐보며
세상사 그저 그런 뉴스들을
묵독하며 마시는 차 한 잔

짙은 커피향
습관처럼 느끼며
빨대 없이 입 안에 쭈~우~욱

그 순간 시야에 머루르는
검정 연체벌레 무리 같은
흐물거림들
나는 그만 기겁하여
넘기다 만 입 속의 물기를
토해 낸다

커피가루가
물과 채 섞여지지 않은
까만 얼룩이었지만

어쩌면
내 오장육부의 색깔이
거꾸로 비춰어지는
건강 신호판인가
고마운 주의보이련가…

피우다 만 담배를 비벼 끈다
갑자기 현기증이 몰려온다

나는 한참 궁금하다

비스듬히 열어논 창밖에서
시린 바람이 들어온다
몽상에 젖은 깊은 밤

잠은 벌써 달아나고…
칠흑 어둠 속에서 볼에 와닿은
시린 바람의 감촉이
무딘 나의 심연까지를 후벼친다

강토를 붉게 물들이는
빨간 자태의 단풍 행렬이
어김없이 이 밤에도 선혈 자국처럼
매해 그때처럼 뿌리며 저만큼 내려오는구나

문득, 이즈막에서
내가 아닌 남 그 누구가
머리가 아닌 가슴으로
나 보기가 미로 같아 타는 속내에
빨갛게 가슴 달아오르는 이 있을까?

내 상념 속의 그물망은
왜 이다지 푸접 인연도 못 놓치고
잠 설쳐가며 허우적 잡아보려 손 뻗치는데…
아~ 고요 속의 이 깊은 밤!
심연을 가르며 텔레파시 통하는
그이가 있을까나…
나는 못내 이것이 한참 궁금하다

여름날의 그림자

■ ■ ■

사방 주위를 멀리하고
안방에 은둔한 채
찌는 더위를 몸소 맞는다

더위야 수돗물 고무 호스 느린 듯 적시어내면
닭살돋은 살갖의 열오름을
달래어 시원함을 체감케 하겠지만…

전신에 배어오는
숱한 허무의 미혼(微魂)과
송곳 같은 고독의 날은
뜨거운 사색만큼의
더운 날의 그림자여라

굵은 눈발이

굵은 눈발이 앞을 가눌 수 없게
힘차게 펴지며 내려와 쌓인다

너울너울 바라 춤추듯 흰 눈송이 되어
세상 온갖 사연 시름 보듬은 채
한 송이 한 송이 무리 지으며
사뿐사뿐 내려와 대지를 덮는다
갈색 맨땅을 하얗게 물들여 터지는 은빛 광채!

한 걸음, 걸음마다
지나는 이의 족적 따라 뽀드득 뽀드득…
시린 사연, 서러움을 하얗게 잘도 으깬다
아니 까맣게 잘도 부순다

산상에서

황사가 몹시 기승을 떨치며
바람처럼
바람 따라 떠나간 뒤…

동네 뒷동산 나지막한 언덕에서도
태산준령 소백산 능선 따라 걷는 길에도
철쭉꽃은 어김없이 만발
삼천리 강산을 수(繡)놓았다

그 꽃길을 따라
형형색색의 배낭 행렬이
꽃처럼 산하를 덮는구나

도회에서 찌든 삶의 군더더기를
털어내고자 함일까?
악바리 같은 잰걸음으로
무리 지어 걷고 또 걷는다

어쩌면 영겁을 가르고 우뚝
자연의 신비로움에 빠져들면서

이 힘겨운 세파를 버리고 헤쳐나갈
묘안을 구하는 구도자의 모습일 듯…

여기 그 무리 중 하나되어
걸음걸음하는 내 발자취는
무엇을 구하는 잰걸음일까?

모퉁이 등성에서 바람 소리 들려오며
살갗엔 보드라운 감촉이 느껴진다

희망의 씨앗을 다시

■ ■ ▪

무심하게 편승한 세월
긴~ 여름이었다

더 가야 할 종착지가 쉬이 셈 세어진다
보지 않고 눈감으려 해도 보이는 현실!

이쯤에서 실타래 매듭을 풀고 허허히 보낸 세월
뒤돌아보고 질긴 엉겅퀴 매듭으로 다시 동여매고
지난온 긴 세월의 검은 바탕에 하이얀 접실로 들꼬아서
지나온 궤적 지울 겸 짜임새로 격 갖춘 자수(紫繡)를 놓아 보
련다

삶의 무거운 흔적을 밝은 희망의 씨앗으로
마지막 투혼 다 처넣어
실오라기 인생에 살을 붙인다

저 뭉게구름 속에서나…

한 발자국 들어올려
왜소한 몸짓 일렁거려 본다

어디에 떨어질 줄 모르는
이 육신의 한구석
미련함이
최고조로 이를 데 없구나
저번 날은 그리 사뿐히도 발자국 내렸건만
주위 온 사방을 둘러봐도
내 발짓 향할 곳은 아무 데도 없구나

인식의 뒤엉킴이
세월 따라 비례하겠지만
아직은 나! 건재하다고
발버둥치면서 발짓을 해댄다
무엔가 시원찮아 팔짓까지 해 보지만
온 천하 디디어 자리할 곳은
말없이 떠다니는
저~ 뭉게구름 속에서나 있으려나…

뒹구는 낙엽이련가

■ ■ ■

상큼한 감촉이
가을 바람을 몸에 느끼며
산을 오른다

풍성하던 떡잎들이
점점 앙상한 몸체를 드러내
나뭇가지 아래로
떨어져 뒹군다

한 겹 두 겹 쌓이다가
가냘픈 바람에도 흩날리며
이리저리 흩어진다

문득, 나는
지난 이맘때 숨 끊어져
용미리 공동묘지 한구석에
자리한 벗이 생각난다

그의 영혼도 실낱같은 바람에
행여,

이리저리 흩날리며
자리잡지 못하고
떨어져 뒹구는 저 낙엽이련가…

벗을 잃은 설움이 물밀듯이 밀려온다

새해 새 수첩에 희망을 쓰자

매년 새해가 되면 부푼 가슴으로
새로운 희망과 각오, 신선함을
새 '다이어리'에서 찾는다

처음 며칠은 계획표를 짜고
일정도 메모하면서
부푼 행진을 시작한다

새해를 다시 맞는 지금 지난 해 수첩을 다시 보면
빈 공란의 행진이다

어쩌면 그 속엔
지우고 싶은 회한과 좌절 부끄럼이 어우러져
살짝 숨어 자리하고 있을 게다

새로운 한 해! 이제 다시 희망을 쓴다

내 마음 한구석은

■ ■ ■

내 마음 한구석에는
그리움으로 둘러싸인
은빛 보자기가 있습니다

눈이 오거나 비가 오거나
회색빛 구름이 떠 다녀도
너울너울 춤을 추며
내 코끝을 간지르고
눈과 귀를 툭툭
이슬 맺히게 합니다

육신의 뼈마디 속
오장육부와 함께
이 몸을 감당케 하는
슬픈 또 하나의 잔형(殘莉)입니다

안개가 몰려온다

마치 삶의 찌든 찌꺼기를
실어나르는 듯 당신 앞에
안개가 몰려온다

세상 풍파 당차게 맞서며
세월 속에 찐한 회한 묻어내다…
이윽고,
상대방은 당신의 가슴 한구석을
어루만져나 주려는가…
안개가 몰려온다

인생의 미로를
살얼음 밟듯 엷게 밟으며
그 늪에 빠져들지 않으려
안간힘 다해 온
당신의 육신을 간지르려는가─
안개가 몰려온다

하얀 그리움

■ ■ ░

번쩍~ 번개가 친다
뇌파를 때리는 천둥 소리!

굉음에 놀라
가슴 한구석 녹아 붙었던
그리움의 흔적이 튄다

떠난 아쉬움!
보낸 허전함의 아스라한 잔영이
은근히 묻혀
시린 가슴의 창으로 하얀 그리움의
빛이 되어
번쩍! 잊혀진 세월을 친다

부적처럼 가슴에 담아
못내 숨겼던 하얀 그리움!

추억의 딩신이 번쩍 동공에 선다
아아~ 다시 안 올 그날이여

미련한 확인

무료함으로
인터넷 서핑을 한다

많아야 두어 종류 신문 건성 훑어보고
시간 닿는 대로 방송 뉴스나 접하던
내 젊은 날의 정보 마당

그때로부터
변화될 모습의 미래의 세상을
귀 따갑게 들어왔고…
지금 그 현장! 정보의 홍수 시대

각종 미디어가 내 삶 언저리 가까운 곳에
생활 필수품인 양 자리하여
그 한가운데 내가 휘감기고 있네

좋은 시절, 나쁜 시절
파노라마처럼 훑고 다니다 문득 이쯤에 선다

가물가물한 회한의 추억을 굳이 회상치 말자

흥건한 짜릿함, 분출하던 엔돌핀
지금 이 시각! 여기엔 없음을 확인한다
그것이 미련한 확인임을 확인한다

야속한 빗줄기여

이쯤에서 개일 것 같았던
지루한 장마가
또 한번 먹구름으로
시커먼 천지를 만들더니
이내 센 빗줄기 폭우가 되어
세상을 덮고 있네

으레 장마철이 그렇듯이
짜증나는 일상으로…
개었다 흐렸다
멈췄다 내렸다 반복하고…
뭇 중생들의 심사만큼이나
뒤엉킨 야속한 하늘이구나

비 오는 날 우산도 없이
마냥 질펀한 보도 위를 걷는 것을
멋쯤으로 여기던 내 젊은 날의
동떨어진 초상이 회상되어
비 갠 날 영롱한 무지개처럼
저 센 빗줄기 한가운데
그때 그 여인이 묻혀 지나가네
아~ 야속한 빗줄기여…

빨간 신호등

빨간 신호등!
빨간 불이 켜진다
가던 길을 멈춰야 한다
그래도 나아간다. 뭐가 그리 급한지
여기저기 차 멈추고 온통 북새통
빛 독촉에 쫓기는지 흉악범에 쫓기는지
빨간 신호등에 그래도 나아간다

빨간 신호등!
인생 여정에도 그 불은 켜진다
정지하면 좋으련만
빨리 나아가야 하는 초조함!
그 초조함이 삶을 힘겹게 한다

빨간 신호등!
가던 길을 멈춰야 한다
주위를 살피고
파란 불이 들어올 때를
기다리면서…

당신 그리운 날에

그리워 해도 되나요
기억을 해도 되나요
찾아가 보아도 되나요
만나자고 해도 되나요
짝사랑했다고 고백해도 되나요

아니 이제는 사랑한다고 말하려 하네요
넘치는 사랑으로
듬뿍 껴안아 주겠다고
말하고 싶네요

가슴을 열어 그대의 얼굴이
내 심장 속에 꼭 박혀 있음을
보여주고 싶네요

아니 진짜 진짜
꼭 보여 주고 싶은 게 있어요
당신의 그림자로
온통 휩싸인 내 육신을…

그러고는 이제
지쳐 훌쩍 떠나고 싶어요
떠나고 싶어요

무지갯빛이 되어

■ ■ ■

언제부터인가
내게는 하나의 버릇이—
'다음'창을 열고
내게 온 멜을
확인해 보는—

어느 순간까지 꽤
즐거움으로 이어지던 다음창이
열어볼수록 허무와 고독을 맛보는
씁쓸한 창이 되었네요

그것은 바로 님이 나에게
던져준 관심의 영역에서
갑자기 사라진 때문이었지요

그런데 지금은 하늘을 나는
상쾌함이 온몸을 휘감고
짜릿한 흥분으로
짐짓 멈출 줄을 모르는군요

님이 보내준 한 통의 멜이
이렇듯 사람의 마음을
간사스럽게 만들다니…
기쁨! 환희! 영광!
최상의 미사여구가 모자라네요

님! 그대가 보여준 조그만 환대가
다시 일어서는 풀잎처럼
내게 힘이 되어 비 개인 뒤
영롱하게 떠오르는
무지갯빛이 되어 내게 오내요

예행연습

누군가에게
사연을 보낸 것이 이토록
오랜 옛날인 줄은…
이제사 느껴옴입니다
그것도 님과의 메일 교환이 없었다면
그조차 확인하지 못하고 사는
황량함이었을 것을,

다음창을 열고
메일을 확인하는 것이
즐거움인 줄도
예전엔 미처 느끼지 못했던 행복이지요

그리고 님에게서 전달된 메일이
눈에 안 띌 때
그것이 서운함인지도 예전엔 미처
경험하지 못했던 신선한 충격이지요

그로부터 밀려오는 공허감
그것이 아련한 그리움의 연으로

싹트고 자라고 있는 것을 심장이
콩콩 찔러주면서 파장을 펼치는 것도
미처 그 옛날엔 느끼지 못했던,
또 하나의 충격이지요

파장과 떨림, 그리고 충격!
이 모든 어휘들이
사랑을 잉태하는
형용사의 전주곡이라는 알림이
내 귓전을 후벼파고 있네요

단 한 잔의 커피잔도
마주하지 않은 채
우리는 무엇으로 사랑을 키웠나요
그것은 허공에 날아가는 풍선처럼
마냥 바람만 집어넣고
그대께서 내게 던진 팔매질이 아니었으면…

우리는 여태
남의 머릿속 은갈피에

채워진 잡동사니 사연들을 빌어
서로의 마음에 조각돌을 날리고
있는 것은 아닌지…

어쩌면
그게 맞는 정답일 거라는 생각도…
그러나 그것은 또 하나의 진짜를 위한
예행연습이라는 생각도…

이제는 마음 속의 정갈함으로
서로의 진솔한
마음을 열어가기를
희원합니다

그대를 향한
귀 기울임이 서서히
진한 농익은 감 열매처럼
달콤하게 빠져드는 것을
온몸의 전율 속에서 체감으로
느껴집니다

그렇게 사랑은 잉태하는 거야!
어디선가 메아리쳐
들려 옵니다
보지 않고 만나지 않고
부딪침이 없어도
편한함을 느끼면
그것이 사랑 그런 거 아닐까요
이데아의 사랑!

지금 이 시각 관수의 상념

■ ■ ■

웬일인지 눈가에
서리는 시린 점액!
그것은 못다 피운 인생 여정의
나만의 은근한 서러움인가?
밖에는 대통령을 아무나 하나의
로고송이 한창이다
무릇 정치의 장에서
한 발짝 비켜서
음미하고 관조하는
내 일상이
통 실감나지 않는
신통함을 나 자신 느끼고…
자석처럼 끌려 온동네
구석구석을
마이크 잡고 대통령 만들기
헛세월 실패한 대통령이니까
20여 년, 그것은 나에게 영광이기도 했지만
이제 돌이켜보면
그것은 서글픔이었고, 가족들에겐 회한의 괴로움이었을 것을…
이제 느끼고 돌아서는 나의 팔짱낌이

그들은 실패한 자의 전형적 몸 추킴이라 말하지 않을지…
무에 상관인가,
내 딸아이가 아빠를 돕겠다고, 아르바이트 전선에 나가고,
암과 투병하는 내 아내의 파란 입술이 현실인 것을,
알량한 이상에다 동지적 '연대감'의 미명으로
또다시 광대질을 할 수는 없지 않은가?
그러면 나는 추락하는 것인가
아니면 이제 진정
나를 찾는 과정인가?
가슴이 답답해 옴도 사실이다
술잔의 빈잔처럼 공허함이
나를 엄습해 오기도…
초겨울의 쌀쌀함이 더욱 가슴을 시리게 하는구나…
나는 진정 지금 훨훨 날고 있는 것일까?
아니면 추락하고 있는 것일까?
모든 것은 내가 마음먹기에 달려 있겠지…
나는 지금 선언한다,
더 큰 자아 실현을 위해서, 나를 단련시키며,
내가 정치의 장에서
저질러 놓은 잡다한 일들을 마무리하고.

내 아내의 쾌유를 위해, 내 사랑하는 딸 누리의
미래를 위해
아빠로서의 자리매김이
더욱 이쯤에서는 값진 결단일 게다
아~아 나는 모든 것을 사랑한다
나 자신의 번민과 고통까지도…

세월을 머금고

반백의 나이에
아스라이 거슬러 올라가 보는
고향집 뒤뜰의 동심의 숨결
꿈으로라도 순백의 세월에 묻히고픈
깨끗한 상념이여

그 세월을 되돌려
불쑥 현실이 된다 해도
이제껏 외줄 타듯 세월을 머금고
연륜의 나이테를 채워 갈지니
이렇게 인고하며
또 남은 날을 기다리는 것이…

그 세월의 하얀 꿈이나마
빛나게 하는
가슴 치는 추억일 게다

상상의 여인에게!

안녕! 올 여름엔 유난히도
비가 많이 왔지요
비 내리면 내게는 무어라 표현할 수 없는
아련한 그리움이 솟구치지요
그래서 그 여름이 내겐 온통 그리움과
회한으로 이어지는 고통이었지요
그 그리움의 끝자락엔 항상
님이 있었지요
가끔 님에게 전화 벨을 울리게
하곤 통화를 하기도 하고
어떨 땐 내가 먼저 수화기를 놓기도 하고…
님과 통화를 하고 나면
뭐라 표현할 수 없는 아련함 그리고 편안함!
언제부터인지는 몰라도
마치 오래 전부터 가까이 늘 가까이
내 옆에 있었던 나의 여인인 것 같은 그런 착각이
불뚝불뚝 들곤 합니다
몇 번인가 방문을 결행하려 하다가도
막상 마추쳤을 때 님을 오히려 혼돈시키는 것 같아
내게는 상처가 되곤 했지요

전화와 글 그리고 만남으로 오갔던
결코 우연찮은 연줄이 내게만 있는 포만감일까?
그때마다 느끼는 소회였지요

세상에는 많은 인연과
사연들로 꽉 채워져 있지요
우리의 만남도 불교에서 말하듯
사필귀정의 인연이 아닌가?
감히 생각하곤 합니다
난 늘 그것을 가슴에 담고
만나지 않아도 보지 않아도
감촉을 느끼지 않아도
님은 늘 내 가슴 언저리 묵직하게
자리잡은 나의 여인입니다
미라님!
숨소리를 느낄 것 같아요
이제껏 살아온 님의 삶에서 토해 내는
무딘 한숨도 느낄 것 같아요
소녀 같은 천진함으로
님이 쌓아온 사색의 무지갯빛 성곽의

바람 소리도 느낄 것 같아요
반짝이는 눈빛에서 발산하는 강한 광채에서
생의 한모퉁이를 계속 쪼아 비취는
님의 정열도 느낄 것 같아요
미라님!
느낌이 많아서 내게는
더 좋은 여인입니다
그래서 내 가슴 당신이 차지한 자리가
쿵닥쿵닥 요동칩니다

2003/09/21
서울 하늘 아래에서 ― 당신을 사모하는 k드림

새벽이 온다

적막과 고요가 흐르면서
밤은 가고 새벽이 온다
시간을 여는 우주의 섭리가
하얀 여울처럼
새벽이 되어 나의 상념에
한 꺼풀 덧씌우는 묵직한 바윗덩이가 되어
그렇게 새벽이 온다
온통 까만 밤을 병든 상념 속에 매달린 채
떨구어 내지 못하고
시간 속 미아가 되어
그렇게 새벽이 온다

오늘 맞이하는 하루가
어떤 고통을 잉태할지도 모르면서
그렇게 새벽은 왔다
어둠은 가고
하얀 여울처럼
오늘 또 하루 새벽을 맞았다

그리움의 빗장

■ ■ ▫

공허함과 적막감!
그리고 스잔함!
부질없는 삶의 트림들!

세상사 바쁜 걸음으로
내 이 가슴 한구석을 차지한 미련한 아픔!
그 끝 언저리, 그리움이라는 상처는 아물었고,
닫힌 문이 돼 버린 줄 알았는데…

저 끝간데없이 연일 퍼붓는 빗줄기의 질긴 투정,
그리고 을씨년스러움 속에
닫힌 그리움의 빗장이 열리나?
문득 스며나오는 공허와 적막감!
그 틈새에서 내 한편의 흘러간 추억이
살포시 배어 목 내미는구나…

회상도 추억도
다 부질없음인데…

이토록 질기게 내리는 비!

창가에 부딪히며
톡톡 내 뺨을 스치면서
살 망가진 비닐 우산대를
나눠 잡고 같이 걷던 내 젊은 날의
추억의 여인을
내 희미한 망막 속으로
비춰어 등장시키네

반백의 나이테 속에서
가슴 시린 추억이
내 망막 속에 희미한 그림자로
자리매김하지만
눈 한 번 깜박하면
사라지는 바람인 것을, 허무인 것을
나 몰라 또 그 질긴 그리움의 빗장을 열었나…

새벽 공기를 뚫고

■ ■ ■

무료하게 컴퓨터 앞에서
늘상 하는 대로 여기저기 기웃거리다가
갑자기 님이 내 망막 속에…
우리가 살아온 만큼
이 세상에서 온갖 것들을 접했지만
남녀 관계의 설레임은
소싯적 그때나 지금이나
여전하게 한 느낌이라고 생각됩니다

인연의 끈을 넘어
어쩌면 우리네 범부들은
우연한 요행을 바라면서
와락 달려오는 님을 상상하고 있는지도 모르지요
갑자기 내 앞에 윙크하는 여인으로
그대가 다가섭니다
왠지 모를 설레임은

어쩌면 신선한 충격으로 내 가슴 속
한 언저리를 헤집고 자리매김하려 합니다

님이시여!

아직은 세파에 멍든 까만 가슴이지만
상큼한 내음에 신선함까지를 느끼게 하는 ·님의

긴 그 숨소리 토해 냄은
까만 가슴에 담아 하얀 빛으로
정제시킬 수 있다고…
내 몸을 감싸도는 피돌기들은
힘찬 외침을 보내는군요

밤을 에워싸는 적막감이
더욱 애타게 님을 향한 신비의 장을
펼치게 하네요
만남이 있는 그때를 기약해 보면서
님을 향한 나의 관심을 여기쯤에서
묻어 두렵니다
안녕!
또 안녕히…

2003/07/15
새벽 공기를 뚫고

빈 담뱃갑

■ ■ ▪

긴~ 호흡으로
마지막 개비를 쭈욱 빨아댄다

남들은 건강을 위해 피해 가는 흡연!
심연으로부터 빨려오는
거부 못 하는 하얀 연기에의 유혹!

온갖 사회의 시스템이
흡연을 건강의 적으로 배타시하는데…
나는 아랑곳하지 않고
마치 생명줄인 양 대롱대롱 매달려
연신 뿜어내고…

방바닥에는 여기저기 빈 담뱃갑들이
너저분하게 널려 있다
한 갑 두 갑 거둬내면서
금연하지 못하는 못난 자제력도 탓해 본다

긴~ 호흡으로
새 담배를 꺼내 또 불을 댕긴다

습관처럼 쭈욱~
한 모금 빨아내고 긴 꼬리의 담배 연기를 쳐다본다
아마도
내 삶의 묵직한 사연 많은 궤적을
그 연기에 묻어 흩날리고픈 바람이
무의식 속에 자리잡았는가?

습관처럼 쭈욱~
또 한 모금을 빨아당긴다
또 하나의 빈 담뱃갑이 방바닥에 뒹군다

운동량을 늘려보자

내 사무실은 4층에 위치해 있다
방문객들이 들어 오면서 하는 말들이
으레 숨을 헐떡거리며 휴~ 힘들다…
이런 얘기들입니다
어떤 친구는 자주 들르고 싶어도 4층까지 올라오기
힘들어서 들르지 못한다는 말과 함께 엘리베이터가
있는 곳으로 사무실을 옮기라는 주문도 합니다
하기야 난들 일부러 내방객들의 불편을 주려고
여기에 이렇게 쭈구리고 있는 것은 아니지요
이나마 배려해 주는 선배가 있어서 은혜를 입고 있는
마당에 그저 감지덕지할 뿐이지요

언제부터인가 우리는 편한 문화 생활이 몸에 배어
불편한 것은 참지 못하고…
편의 위주로 살아가고 있는 것 같습니다
바로 이러한 사고의 전환들이 삶을 더욱 이기적이고
자기 편의 위주로 살아가면서 세상을 더욱 삭막하게
하는 동인이 되기도 한다고 생각되네요
매번 지하철을 탈 때마다 느끼는 운동량 생각이 나서
내 사무실 이야기를 쪼끔해 봤습니다

물론 지하철 역사가 도보로 옮기기에는 갈아타는 것도
그렇고 꽤나 힘이 들겠지요
그래서인지는 몰라도 에스컬레이터를 타려고
긴 행렬을 그대로 기다리고 있는 모습이 언제나 눈에 띄는
것이 저에겐 항상 실소를 머금게 하는군요
바로 옆에 넓다란 계단이 있는데도 그리로 향하여 가는
사람은 불과 극소수의 사람들만이…
내가 바른걸음으로 계단을 이용해서 올라가보면
에스컬레이터와 큰 차이도 느끼지 못하는데…
요는 그만큼 현대인의 생활이 고달프고 피곤한 측면이 있겠
지만 그 기다랗게 늘어선 행렬을 쳐다보고 있노라면 삶의
우수가 느껴지기도 하더라고요
폐일언하고 그만큼 이 시대를 살아가는
우리들은 절대적으로 운동량이 부족해서 각종 현대병에 대
한 공포는 있을지언정 그것을 극복하는 슬기는 발휘하지 못
한다는 거지요
하루에 만 보 이상은 걸어야 우리 신체 리듬에 밸런스를
맞춘다고 해서 골프를 가장 이상형 운동으로 여기기도
하는 것이 다 이유가 있는 거지만
그만큼 그것은 경비가 수반되는 것 아니겠어요…

이제는 돈 들이지 않고
일상을 통한 생활 패턴을 바꿈으로써
우리의 건강은 우리가 지키려는 노력이 필요할 때입니다
걷는 운동만큼 좋은 게 없다면 말이지요
자! 이제부터라도
지하철에서는 층계를 이용하는 습관을…
그리고 엘리베이터는 적어도 5층까지는 걸어서 올라가는
그런 생활 습관을 체질화시키면 어떨까요?
그래서 자원도 절약하고 건강도 유지하는
1석 2조의 효과를 극대화하는 사고의 일대 전환이
지금 우리에게 절실히 필요할 때라고 생각합니다

2 _
저 빗줄기 속에서

저 빗줄기 속에서

비가 내리고 있다!
며칠째…
우리나라의 기후 특성상 매년 되풀이되는 장마!
결코 비켜갈 수 없는 자연의 섭리다

왠지 비오는 날이 주는 센티멘털함, 을씨년스러움은
또 다른 인간 내면의 정제 작용을 한다
슬픈 세레나데가 듣고 싶고…
우산도 팽개친 채
저 장대비를 맞고 마냥 어디론가
달려가고픈 충동을 느끼기도 한다

조병화 시인은
'비를 좋아하는 사람은
슬프고도 아름다운 사랑의 과거가 있다고' 읊었다
내게 그런 로맨틱한
사랑의 과거가 있지는 않다
다만 형용키 어려운
분위기로 작용할 뿐이다 (-나 아닌 또 다른 이에게도-)

살아온 날, 살아갈 날들에 대한
철학적 사고를 갖게 하는 특별한 분위기가
저 세찬 빗줄기 속에는 있다

축구나 야구에는 연장전이 있다
그러나 우리의 삶에는 연장전이 없다
때문에 주어진 순간순간에 최선을 다해야 하는 것이
인생에서의 승자가 갖춰야 할 덕목이다

한 번쯤 생의 현장에서 모든 상념을 떨쳐 버리고
주위를 돌아보는 계기를 마련해 보라고
저 빗줄기의 처량한 낙수는 말하고 있는 듯하구나…

세월 사이

어제는 눈이더니
오늘은 빗줄기 창밖을 치네
첫눈 내리는 날
만나기로 약속했던 떠난 그 여인
빗줄기 타고 창밖에 비치어 있네

눈물은 보이지도 않고
보기도 싫다던 여인
우람한 어깨와 넓은 가슴이
좋아 안기던
그 남자의 정(情)이 메말라
이젠 울고 있는가?

창밖을 내리치는 거센 빗줄기
여인아 진정 당신의 눈물 아니길…
정(情) 약한 내 가슴
반쯤 찢어진 채
창밖을 본다

영령들이시여, 편히 잠드소서

엊그제까지도
방풍창에서 가벼운 찬 실바람이 느껴졌는데
밖에는 철쭉꽃 피는 기지개의
보드라운 물 주기인가?
머리부터 소리 숨 죽이고
가볍게 창을 때리는 봄비다

땅인들! 하늘인들!
노엽지 않으리 없건만…

억수같이 장대비 때려서
졸지에 구천을 헤매는 영령들의
눈물이라고 이름 지어, 흠씬 이 때묻은
속물천지의 세상을 씻어나 내 줄 것이지---

그래도 살아남아
우둔하고 우직하게 지금껏 살아왔듯
또 그렇게 살아갈 수밖에 없는 이 땅의
대다수 서민들은 통곡으로 절규하는데…

하늘은 그래도
은하계가 받쳐주는 광활한 우주의 포용력인가?
가슴이 후벼파여 갈갈이 찢겨지는
이 뭇 중생들의 시린 아픔을
조용히 보드랍게 감싸주려
이렇게 봄비를 내리는구나

맞아요, 영령들이시여!
이글거리는 불꽃 연기들이
식도를 막고 살갗을
용접봉처럼 뻘겋게 담금질하다가
숯덩이로 내팽개친 원한은 잠시 접으소서…

그나마 이승에서 못다한
잘린 생명줄, 그리고 통한!
하늘나라 천사님이 빵긋 맞아주는 미소가
님에게 즐거움으로 다가와
눈, 감아도 감아도 그칠 줄 모르는 눈물이
봄비되어 이 황량한 님이 살던 대지를
촉촉히 적셔 주는구려…

그렇게 위안하소서

님이시여!
편히 하늘나라 '잠' 드소서

2003/02/19
김관수

존재의 이유

내가 태어난 것은
나 자신의 의사와는 전혀 무관한 것
내가 살아가는 것은
운명이라는 수레바퀴에 떠밀려 가는 것일 뿐

광할한 우주에
보이지도 않는 한 점 모래알 같은 내 존재
내 삶의 존재 의미는 과연 어디에서 찾을까?

그래도 거리에는
삶이 바빠 저리도 힘차게 뛰는데
허무와 좌절에 숨가빠하면서도 나 이리 사는데
억겁을 이어오며 뭇 군상들이 토해 냈을 한숨 소리
내 한숨까지 그리 묻혀 세월을 타는데

아서라! 말아라! 푸념인들 체념인들
그래도 살 만한 게 세상이라 이르노니…
작은 모래알 같은 존재일지라도
광활한 우주와 비교해서 내가 못한 것이 무엇일꼬
나는 또 하나의 작은 우주인 것을
거기 푹 묻혀 한세상 살 뿐인 것을

전화 벨

전화 벨이 울린다
언제부터인지는 몰라도
그 소리가 달콤하지 않다

딴청을 부려보지만
또 그 벨 소리가
궁금하기도 하다
성큼 단내나는 소리는 아니어도
쉰 내음은 아닐 것도 같다

그런데 자꾸
짜증나게 심사를 뒤틀리게 만든
아까의 벨 소리가
머리통을 휘감아 온다

통화가 됐다
쿵닥거림이 가슴을
방망이질한다
그 여인이다

빗장쳐진 그 찻집 주인이다
다시는 연락이
안 될 줄 알았던 삶이 고달픈
그 여인에게서 걸려온 전화다

나는 살포시
전화기에 입맞춤했다
그리고 이내 창가에 서서
나를 비추이는 유리창을 물끄러미
쳐다봤다

가을 바람을 타고

가을 바람을 타고 그날
어느덧 나는 천년 고도의 방랑자로
그대 곁에 다가섰었지요
세 살 어린아이의 순진 무구한
초롱한 눈빛으로 변장하여 그윽하게 님을 응시하며
바바리 깃 세우고…
뺨을 간지르는 서늘한 가을 밤바람.
밤바람과 뒹구는 낙엽을 샘하며
대책 없이 목을 떨구고 있었지요

첨성대, 안압지로
이어지는 발걸음 속에
전자 기술의 진수가 펼쳐지는 휘황한 조명과
귀를 내어야만 들을 수 있는
가을밤, 가을 바람의 고독한 윙윙거림 속에
살포시 당신 손을 잡고 말았지요

머쓱함과 초점을 놓칠 뻔한
허상의 동공이 마침내
제자리를 찾아오는 순간이었지요

많은 사람들과의 교류 속에서
으레 느끼는 그런 감촉이 아닌
희한한 전율을 느꼈다면
난 결국 또 하나의 가식을
분출한 것일까?
자못 나 자신의 양심을 건드려 봅니다

따뜻함도, 까칠댐도 아니었지요
억센 힘은 더욱 아니었지요
그것은 부드러움!
살갗에도 온화함이 있음을 느끼는
그런 순간이었지요
내가 미처 깨닫지는 못했지만
당신의 그 손길에는 부드러움 속에
살갗의 세포만큼이나 많은 고독이 묻혀 있음을 느꼈다오
삶의 깊은 무게 속에 가시처럼 매달린 그런 고독!
당신의 손길은
그 고독을 셈하고 있었지요
한 걸음 한 걸음 옮길 때마다…

고이 잠드소서

■ ■ ■

귓전에 아직도
맴도는
"나는살고 싶다"
"한국에 가고 싶다"
그 절박한 절규!

물설고 낯선
열사의 타국땅에서
무지갯빛 영롱한
젊음의 표상을 그리다-
미처 펼쳐보지도 못하고 떠난 그 님!
-김 선 일-

냉전을 헤치고
슬며시 자리한
강대국의 패권주의!

그 희생양으로, 묻히기엔
너무 억울하고 분통 터지는
아시아의 작은 나라, 한국의 젊은이!

-김 선 일-

그 어떤 죽음일지라도
가벼운 죽음이 있을까마는
고독의 잔영(殘影)과
삶의 묵직한 저울추가
그 절규 속에 유독히 느껴지던
외로운 인생 항해의 마도로스- 그 이름!
-김 선 일-

지금 생각해 봅니다
그가 그리며…
떠났을 부모형제, 친구들! 그리고 나라!
그러나
당신과 인생의 반쪽을 나누어 걸어갈
반려자는 영영
만들어 보기나 하고 떠났는가를…

가신 님이시여!
지금 모든 국민이 울고 있습니다

당신의 떠남이 너무 비통하기에-
어디에선가 당신과의 동행이
끝난 슬픔에 소리 죽여 흐느낄
그런 당신의 님이라도 있었으면…

아쉬운 당신! 멀리 간 당신!
삼가 명복을 빕니다
편안히 잠드소서!

이보다 더한 축복이…

반나절 이상 뒤척이다 호출을 받고
세면을 하기 시작했다
채 비눗물이 닦이지 않았는지 눈이 매콤하다
꼭 감은 채로 눈을 비빈다
캄캄함이다
어두움이다
암흑이다
만약 이대로 눈이 떠지지 않는다면…
왜일까?
살아온 인생이 주마등처럼-
앞만 보고 달려온 내 인생이 잠시 멈춰 선다

안마시술소에서 만났던 그 맹인의 모습이 떠오른다
이 답답함, 공포, 처연함을 꼬리표처럼 달고 살아가는 그이가
이 순간! 너무 장하게 느껴진다

이 잠시 동안의 어두운 경험이 나를 돌아보게 한다
살아 있음에 -눈 떠 있음에- 나는 얼마나 행복한가?
이보다 더한 축복이 과연 무엇일까?
오늘의 약속은 모두 취소하련다

그리움의 원죄

매섭던 추위도
피곤했는가,
살포시 햇살에 훈기를 주네요

'천일의 앤' 음률 속에
문득 스쳐 지나간 세월 속의
내 가슴 속을 쿵당쿵당 방망이질치던
여인네들의 풋풋한 엷은 미소가
가볍게 떠오르네요

우리가 살아가는
이 세상 속 뭇 남녀들은
서로의 정 나눔에
꽤 많은 혼돈을 거듭하면서
겨우 지금의 자신들로
안착했나 봅니다

바로 그 그리움의 원죄가
그런 지난날의 풋풋한 미소를
서로 보냈던 열정에 대한

아쉬움, 미련, 그리고 회한!
그것 때문이겠지요

아쉬움과 회한!
그리고 그리움!
숨쉬는 그날까지 우리가 함께 해야 할
숙명이 아닐까요?

한없는 그리움의 덫이어라!!!

2003/01/15
서울 은거에서 김관수

늘상의 그런 아침

■ ■ ■

무엇엔가 짓눌리는
중압감으로
허우적대고, 얕은 잠을 깨어날 때,
눈앞에는 형상 없는 오늘이 여전히
나를 '또' 하루의 여정 속으로 안내한다

화장실에 웅크리고 앉아
또 하나의 오늘의 의미를 반복하는
일상에 대한 깊은 고뇌와 함께
뱃속의 거북하던 탄산가스의 휘돌림을
토해 냄으로 시원한 세상을 접한다

악다구니하며 살아가는 세상에
어제보다 더 좋은 오늘이 과연 무엇이고, 어떤 모습일까?
나 그 분초의 시간으로, 기어들어감을 확인하기 위함인가?
더 나은
내일을 맞이하기 위함인가?
개미 쳇바퀴 돌아가는, 세상살이의 윤회를
평범한인들 모를까마는
도도한 철학으로 치장하며
삶의 숭고한 가치를 전파하는 전도사인 양

나 자신 다른 사람으로 치부하는
내 이 밉살스런 오만함이여!

선과 흥겨움으로만 살게
우주 만물을 창조한 조물주의 이상향을
사랑에 눈먼 아담과 이브가 선악과를 따먹음으로
내게도 그 시린 세파의 바람을 맞고
명예의 탐닉, 슬픔과 좌절의 굴레를 벗어던지려는
세속적 욕망과 욕정으로
들끓는 원죄의 공범자인가?

이토록 무지개 같은 사랑을 쫓고 있으니…

그래도 어김없이 시간은 흘러가는 것,
내게 아무것도 돌아올 이익 없어도…

어젯밤 꿈 속의 달콤함이
여전히 현실로 이어질 수는 없지만
그래도 나는 꿈을 꿀 수 있어
좋은 세상!
행복한 사람이리라

세월 단상

■ ■ ▪

세월의 쏜살 같음을
또 한번 절감하는 오늘!
돌이켜 반세기가 내 인생의 나이테인데
세상을 향해 고고의 성 내뱉은
나 자신의 태초를
생각케 함은 무엇일까?

어느 명상가는
한 점 한 점 오늘을 쌓아가는
정념 속에 내일의 무지개가 비추어내는
영롱한 휘황함을 맛보리라고
현실 속의 최선을
인생의 과제로 화두를 꺼냈다

어머니와의
탯줄 끊음에서부터
주위에 풍겨주던 나의 비린 젖내음이
이제 바로 내 앞의 손주녀석의 재롱과 함께
묻어나는 그 비린 젖내음과는
어떻게 다른 세월이란 말인지?

삶에 찌든
가래섞인 한숨이, 정념의 하루하루를
잠보 속에서 보내지는 아니었을 텐데,라고
휴~ 허공에 날림은
이제 막 세상을 향해 기지개를 펴는
내 핏줄 손주놈의 닥쳐올 세상살이가
할아비의 덕지덕지한 나이테 속의 세상살이와
다르기를 바라는 염원일 게다

세월의 유수함은
내가 묻힌 묘비 앞에 설
또 다른 세월의 풍상을 겪을 내 손자도
피해 나가지 못할 운명의 덫인 것을…
그저, 정념 속의 한 점 한 점 세월을 지워가는
지혜로움이 풍만하기를
살아 숨쉬는 지금의 순간에서
세월을 주관하는 운명에게
빌붙어 염원할 뿐이구나

무지개의 영롱함을

무덤에서가 아니라
저 손 저으며 맞이하는 시방의 세월에서
휘황찬란하게 맞기를 염원한다
염원한다

2003/02/04
인중 15회 김관수

그렇게 살다 갈 거면서

그렇게 살다 갈 거면서
웬놈의 욕심은 그리 많았는지
그렇게 패고 두들기고 부수기는 왜 했는지
소주, 맥주, 양주를 번갈아 들이켜며
세상을 향해 욕지거리는 얼마나 했던가

배우지도 못했으면서
배운 놈 흉내는 얼마나 진짜처럼 해대고
가진 것 쥐뿔도 없으면서
있는 체는 도맡아 하고
잘생긴 여자 궁둥이는 왜 툭툭 쳐대며
질퍽거리고…

똑똑한 놈 잘난 놈만 보면
기를 쓰고 깎아내리고
그렇게 한세상 천하를 제 손아귀에
붙잡아 놓은 것처럼 으스대더니
죽을 때는 기 한번 써 보지 못하고
억울해서 눈을 대체 어찌 감았을꼬

그렇게 그렇게 죽어지면 모든 것이 한낱 꿈인 것을…

난 만나고 싶습니다만

만나고 싶은 사람 있습니다
보고 싶은 사람 있습니다
안됨을 알기에
더욱 보고 싶은 사람 있습니다

그 사람 너무 멀리에 있어서
그 사람 너무나 멀리 있기에
그리움만 더 합니다

이제는 덧없는 마음인 줄 알았습니다
이제는 끝나 버린 감정의 샘이라고 생각했었는데
가슴에 아직도 그리움의 마음이 아주 많이 남아 있습니다
어떡하면 당신의 마음을 되돌릴 수 있나요

막혀 있던 물꼬가 터진 것처럼
끝없이 흘러나오는 따뜻한 마음이
흐르고 흐릅니다. 만나고 싶은 사람 있습니다

그 마음 너무 곱고 아름다워서
바라만 보기로 했습니다

보이지 않는 그 눈빛 너무 맑고 노란 빛 같아서

다가설 수 없음에 작은 마음 바라만 보려 합니다
이처럼 설레임의 마음을 내어준 것만으로도
행복합니다

이처럼 희망의 마음 내어줄 수 있음으로도 행복합니다
한없이 기다리라 하여도 마냥 행복합니다

오늘은 간절히 만나고 싶은 사람 당신입니다
그러나 기다림이 너무 아픔입니다…

언제까지요…

민족 대이동

문득 올려다본 하늘에서
뭉게구름이 서서히 이동한다

지금 그 하늘 아래에선
삶의 무거운 짐 털어 버리고
고향길 찾는 수많은 민초들이
자동차 행렬로 떼로 떼로 이동한다

그 이동의 행렬 속에 담아진 숱한 추억들-
그것을 다시 품어 안고자
삶의 편린을 잠시 접어두고
저렇게 고향길 나들이에 행렬을 이룬다

고향 하늘 아래에서 바라볼 한가위 보름달이나
삶의 터전에서 바라볼 한가위 보름달이나
무에 다를 것 있을까마는…

진하게 배어 있는 고향의 숨소리가
세파에 지친 도회 생활의 처절한 앙둥거림을
흩날려 보고자 하는 소시민적 바람을 알고

자꾸자꾸 손짓하기 때문이겠지―

갈 곳이 있는 사람이나
갈 곳이 없는 사람이나
이때가 되면 다 좋은 ―민족 대이동―
오직 한가위만 같아라~

님이시여

꿈 속의 여인이시여! 안녕!
올 여름엔 유난히도 비가 많이 왔지요
비 내리면 내게는 무어라 표현할 수 없는
아련한 그리움이 솟구치지요
그래서 그 여름이 내겐 온통 그리움과
회한으로 이어지는 고통이었지요
그 그리움의 끝자락엔 항상
님이 있었지요
가끔 님에게 전화벨을 울리게 하곤 통화를 하기도 하고
어떨 땐 내가 먼저 수화기를 놓기도 하고…
님과 통화를 하고 나면
뭐라 표현할 수 없는 아련함 그리고 편안함!
언제부터인지는 몰라도
마치 오래 전부터 가까이 늘 가까이
내 옆에 있었던 나의 여인인 것 같은 그런 착각이
불쑥 불쑥 들곤 합니다
몇 번인가 방문을 결행하려 하다가도
막상 마추쳤을 때 님을 오히려 혼돈시키는 것 같아
내게는 상처가 되곤 했지요
전화와 글 그리고 만남으로 오갔던

결코 우연찮은 연줄이 내게만 있는 포만감일까?
그때마다 느끼는 소회였지요

세상에는 많은 인연과
사연들로 꽉 채워져 있지요
우리의 만남도 불교에서 말하듯
사필귀정의 인연이 아닌가? [님은 물론 기독교인이시지만]
감히 생각하곤 합니다
난 늘 그것을 가슴에 담고
만나지 않아도 보지 않아도
감촉을 느끼지 않아도
님은 늘 내 가슴 언저리 묵직하게
자리잡은 나의 여인입니다
여인이여!!
숨소리를 느낄 것 같아요
이제껏 살아온 님의 삶에서 토해 내는
무딘 한숨도 느낄 것 같아요
소녀 같은 천진함으로
님이 쌓아온 사색의 무지갯빛 성곽의
바람 소리도 느낄 것 같아요

반짝이는 눈빛에서 발산하는 강한 광채에서
생의 한모퉁이를 계속 쪼아 비취는
님의 정열도 느낄 것 같아요
님이시여!
느낌이 많아서 내게는
더 좋은 여인입니다
그래서 내 가슴 당신이 차지한 자리가
쿵닥쿵닥 요동칩니다

2003/09/21
합정동에서 올립니다

90 _

외로워하지 말자

나무도 혼자서 견디어내듯이
봄 여름 가을 겨울 항상 새 날이 준비되어 있어
가는 길이 눈 오고 비 오고 바람 불고
거침없는 태양이 괴롭더라도
나무의 새움 트고 푸른빛 수수함으로 열매 맺고
기우는 삶 속의 모습으로 당당한 거야
누구나 외로운 길로 걷고 있는 거야
그렇게 누구나 외로운 길도 걷고 있는 거다

기쁨을 더하기 위해 아픔도 참고 애써 당당한 거야
피 흘리고 처절한 깨어짐에도
비록 나를 버리고 부서진다 해도
영원히 피어야 할 그 길이 가야 할 내 길이잖아
묵묵히 소리 없이 나무처럼 모든 것 참고 견디자

그리움도 언젠간 포근한 별 감싸주는
삶의 의미 내려앉는 지붕 같은
커피 한 잔의 행복감이 머무를 거야…
잠시 매순간 그리 살 수 없어도
나무처럼 참고 견뎌야 하는 거다

삶이란 오늘도 내 거울을 닦는 것

까망이 좋다

하늘은 푸르르고-
살결에 와닿는 바람의 감촉은
싱그러움과 솜사탕 같은 보드라움인데…

파랑과 노랑이 어우러진
보랏빛 색흔이 눈 안에 편한 세월들로
길들여져 익숙한 시공이련만…

갑자기 엄습해 오는 까만 컴컴함이
내 동공 속에 편한함으로 자리잡은 연유는…

까망은 덮음이요! 지움이요!
아니 망각일진데-
이제 와 그 적막함이
차라리 벗처럼, 빛처럼 느껴져 오는 친근감은
웬 연유일까?

아~아 보인다!
까망 속 암흑이
불쑥 튀어나오려는 어쭙잖은

내 빨간 정열을 지우고…

내 가슴 한구석 일어나려는 하얀 포말 같은
세월 속 욕망의 이끼를 삼켜 버리려는 장대함이리라~
그 칠흑같은 어둠! 캄캄함이
은근한 꾸짖음으로 때만 되면 두근대는
철없는 내 심장을 진정시킨다

그래서 나는 까망, 검정이
좋아지기 시작하는가 보다
나는 까망이 좋다! 까망이 좋다!

내겐 서글픔

도회의 자리 끝쯤
여기 내 위치해 있는
조그만 공간의 창틈 사이 우중충한
벽면을 통과하여 시커먼 하늘이 보인다

복잡다난한 도회의 북새통을 잠재우고
고요가 스미는 적막 속 사이로
지겨운 여름 장마의 자투리가
못내 아쉬워 흔적을 남겼다

고통을 치유하려 함인가?
붉은 단풍의 빨간 정열을 시샘함인가?
비켜가지 않고 가을 비로 내려왔다

턱 괴고 창틀에 몸 기댄
내 고달픈 육신의 시야에
감나무 가지 끝자락 대롱대롱
낙엽과 함께 물방울로 매달렸다

젖은 하늘 먹구름!

그렇게 남아 있어 내겐 서글픔-
털어내야 할 몸에 붙은 우수와 고독!
바람에 일렁이는 감나무 가지의
물방울과 함께
낙엽처럼 스쳐가길 염원한다

가을 비여

스잔한 가을 비가
힘도 없이 무기력하게
대지에 내려와 앉는다
짝잃은 중년의 아낙네
뼛속을 콕콕 찌르며
칼 같은 뾰족한 고독을 안긴다

코스모스 도열해 피어 있는
시골길 한적한 모퉁이에
일렁이는 먼지 바람
재우지도 못하며
한낮 땡볕에 농익을 대로 익은
아스팔트 보도 위로
가을 비는 내려와 앉는다

님 찾아 나서고픈
부풀대로 부푼 여인의 가슴에
가을 비는 야속하게 허무를 동반한 채
내려와 앉는다

가을 비여!
대지를 적시려거든
토함산 자락 붉게 물든 낙엽을 실어
여인의 주체 못 하는 그리움의 눈물 비까지
거두어 주룩주룩 굵게 세게
허무와 고독까지 잠재우는
그런 해결사되어 사랑에 씨뿌려 주오

중년 여인의 끝없는 절규의 함성이
가을 비와 어우러져
대지에 내려와 앉는다

관광 BUS

얼마만인가?
묵직한 정장을 벗어던지고
사뿐이 날아갈 듯한 등산복 차림
여기저기 반가이 눈인사를
보내는 정겨운 이웃 벗들!

다소곳이 얌전한 자세로
차창을 응시하는 아낙네들
필름처럼 스쳐 지나가는 주위의 경관!

삶의 한구석에서 일상을 탈출하는
해방감! 포만감이
그윽히 얼굴 속에 그려들진다

적막함이 낯선 듯
술잔을 돌리는 성급한 애주파들…
쟁반에 받쳐 안주 입에 넣어주는
우람한 중년 여인의 젓가락질

성화에 밀려 파도의 철석거림처럼

갑자기 유행가 굉음이 차 안을 덮친다
다소곳하던 여인네들의 뜀박질!

무엇이 저토록 발광처럼
저들을 미치게 하는 걸까?
흔들어 대는 엉덩이의 행렬이
차 안을 흠씬 달아오르게 한다

주위를 살피며
안 뛰고 못 배기는 저들의 광기!
삶의 묵직한 저울추가
그만큼 어딘가에의 탈출을 부추김시킴인가…
앉아서 명상에 잠기는 내가
차라리 차 안의 이단자가 돼 버리는구나

쿵짝 쿵짝 잘도 돌아가고
BUS는 아랑곳없이 잘도 달린다

지하철의 빈자리

갑자기 친구의 호출로 이른 아침 출근 시간에
외출을 하게 됐다
택시를 탈까도 생각했지만
그렇게 급한 일도 아니고 해서
지하철을 타기로 마음먹었다
하기는 요즈음 택시를 타고 약속 시간에
맞춰 가려면 낭패하는 일이 부지기수다
더구나 불친절을 한두번 당해 봤는가?
솔직히 그런 것을 알면서도
택시를 업으로 하는 사람들, 승객이 이 핑계 저 핑계로
이용해 주지 않는다면 무얼 먹고 사나 하는
동정 아닌 동정으로 주머니에 몇 푼 집히기만 하면
습관처럼 이용해 온 것이 나의 생활 패턴이었다
며칠 전에는 버―스로 3~4정거장 거리를 가는데
마침 빈 택시가 옆에 서기에 평소의 습관대로
발을 걸치고 말았다
"어디로 가요?" 퉁명스럽기가 이를 데가 없었다
"서강 종점요 302번 종점."
"예에~에 어디요?"
"서강 종점요." 기사는 대답이 없다

잘 알겠거니 하고 말문을 닫았다
한데 웬걸, "아저씨 지금 어디로 갑니까?"
"서강대학교 가시는 거 아녜요?"
난 어이없음은 물론이려니와 기가 꽉 막혔다
종점과 대학교의 발음 어휘가 어디 하나 비슷한 데가 있을까?
영업용 택시를 하려면
기본적인 시내 지리에 대한 검정 시험을 통과해야 되는 것으로
알고 있는 나로선 도리어 웃을 수밖에 없었다
몇 백 원을 더내고도
손님 취급도 못 받고… 화가 치밀었지만
참을 수밖에 도리없는 일이었다

아마 내가 먼저 그런 일이 없었다면
그 알량한 선심으로 택시를 탔을 것이다
이른 아침 출근 시간이라 지하철은 발디딜 틈 없이 만원이다
요즈음의 세태를 반영이라도 하듯 사람들의 표정에는
밝은 구석이 없다 모두가 무표정이다
바라보고 있자니 나까지 마음이 무겁게 느껴진다
태풍 매미가 할퀴고 간 가공할 만한 수마의 흔적이며
신용 카드 빚 때문에 죽이고 죽는 냉혹한 현실이며

이라크에 생목숨을 누구 나라 대신해 달라는 강대국의 주문
이며
여당도 없이 멋대로 굴러가는 국회 꼬락서니 하며
나이 30도 안 된 힘센 청년들이 빈둥대고 식충이 노릇만하
는 안타까움이며
무조건 이 나라엔 희망이 없다고 지레 서둘러 호주고 캐나다고
떠나겠다고 아우성치는 3,4십대 전문 인력 그룹하며
한 큐에 대박을 노리는 로또 광풍하며
뭐 하나 신통한 작품이 있어 저들 표정이 밝기를 기대할까?
내리고, 타고 사람들은 여전히 제 갈 길은 알아서 흘러간다

아까부터 경로석이 비어 있다
이 많은 콩나무 시루 같은 객차 안에 아무도
그 빈자리에 앉는 사람이 없다
둘러보니 거의 젊은 남녀 일색이다
누구 하나쯤 슬며시 고개를 약간 떨구고 앉을 법도 하련만…
세상에 이런 약속만큼 질서가 정연하다면…
사회도 국가도 잘 안 될 리가 없겠지 하는 생각이 든다
나는 오늘 착잡한 세태 속에서
그리고 저 냉정한 무표정 속에서도 끓어오르는 인본주의에

용광로가 저 젊은이들 가슴 속에 쉬지 않고 이글거리고 있음
을 확인하고
이 나라의 미래는 지금은 비록 고통스런 순간을 맞이하더라도
그리 머지않은 장래에
활짝 무궁화 꽃처럼 만개해서 세계 만방에
드높이 펼칠 날이 다가 올 것을 확신하는 기쁨의 날이었다

아내여! 좋은 꿈 꾸소서!

얼마나 됐을까?
어둠을 눈 안에 재우며
동틀녘 창가에 비치는
햇살의 문안 인사 받으며
기지개 켜고 기상하여
도란도란 아내와
아침 겸상을 맞이한 것이…

아내는 지금도
곤한 잠에 취해 있다

나는 불면의 밤을
심심파적으로 가까이하다
이제는 일상이 되어 버린
컴퓨터 앞에서 멍청한 장승으로 변해
아내의 숨결 소리를 들으며
무념 무상 무아의 경지에서
톡 톡 자판기만을 두둘기고 있다

아내는 지금 무슨 꿈을 꾸고 있을까?

유방암이라는 진단에
허겁대던 사위가
인터넷을 온통 뒤져
내게 살짝이 정보랍시고
들려 주던 그 소리!
장모님은 완쾌돼도
5년밖에는 못 사시겠네요…
아내여!
혹여 이 소리를 들었다면
바람결에 날리시오
지가 무슨 의사라고…

이제 젊은 날의 우리 언약이
당신의 꿈결 속에서
영글어 가길 빕니다
누런 황금 벌판 들녘에서
당신과 내가 팔짱을 꼭 낀 채
하얀 머릴 쓸어 올리며
저만큼 달려오는 손주놈들의
앳된 어리광을 기다려보는…

그러다가 영상이 끊길 즈음이면
우리 둘만의 보금자리에서
내가 팔베개해 주는 그 꿈에 취해 있길
기원합니다
여보! 좋은 꿈 꾸고 있겠지?
당신의 편안한 잠자리에서 미소가 보입니다

맥없이 기다려본다

깜박 한잠을 털고
부스스 눈이 떠진다
젖혀진 커튼 사이로
겨울을 윙크하는
가는 절기가 아쉬운 햇살이
두꺼운 창을 뚫고 스며들어와
잠 덜 깬 내 육신의 살갗을 간지럽힌다

렌즈에 빛을 모아 쏘시개
만들어 태우던
아련한 동심이 떠오른다

갖은 사연을 뒤로 하는
늦가을 강렬한 저 햇살을 모아
세상사 어지러운 추악한 인간 군상들의
찌꺼기를 쪼아내어
재도 없이 태워 없애고
백설로 뒤덮인 흰 눈을 잉태한
하얀 겨울의 설레임을
그 겨울처럼 또 기다려 본다

이런 세상이었으면

■ ■ ⬚

빼어남보다는
적당히 모자람이 있고…
많이 소유하려는 욕심보다는
분수를 지켜 남은 것을 돌려주고 싶어
노심초사하면서
남의 아픔을 보면 내 아픔처럼
느끼려고 하는 그런 사람들-

말 달리려 할 때
조금은 주위를 보면서
걸어가기를 훈련시킬 수 있는
그런 아빠들, 엄마들의
삶에는 자식 사랑이
충만한 그런 세상-

아빠가 약주라도 취해서
비틀거리며
대문 안에 들어섰을 때
다소곳이 부축하며
오늘 하루 또 얼마나

세파에 시달리셨으까
가슴으로 울 수 있는
그런 듬직한 우리 새끼들이
도처에 씨익 미소 짓는 세상-

그런 세상을 꿈꿔 보는
바람은 나만의 '정말 꿈' 같은
환상일까?
턱을 이렇게 괴고
지금 곰곰이 생각해 봅니다

성묘 가는 길

고즈넉히 돌아 또 돌아
휘어진 산등성이 숨을 몰아 쉬며
숙연히 자리잡은 유택 사이로
망자의 생전 뿜어 내던 숨결을 스치며
죽음 −저 밑바닥 선조들의 영험을 느끼려
내딛는 발길이 너무 약삭빠르다는
자조와 함께 그 무덤으로 나는 간다

세상의 온갖 부귀 영화가
거기 자리하고 계신
조상님들에겐 이미 딴 세상의 화두인 것을
조상님들의 유택이 편치 않아
내게는 고통의 세상사로 돌아 또 돌아올까 봐
나 그 무덤에 풀 뽑으러
자식 손자놈 함께 손잡고
낫 들고 소주병 들고 나! 그 무덤으로 간다

세상의 잡다한 흔적이 묻어난
이 무거운 발길이
침묵과 고요만 흐르는 이 산등성이 공동묘지

죽음과 이어진 까만 대오를 지나
내게도 언젠가 자리 차지할 한 평 반의
미지의 세계를 더듬으며
악다구니 세상에서
죽음 -저만큼 있는 무상과 허무를
쏟아내고자
나 지금 그 무덤으로 간다

내 마음의 갈피여

멍하니 천장을 응시한다
주위 사면이 고요하다
망막의 숨은 동자 한구석에는
지나간 날들의 회한이 겹쳐
마치 영상처럼 마구 스쳐 지나간다

그 영상 속의 한 컷이
무심코 정지되어 내 망막 속에
클로즈 업 된다

담담히
삶의 한 자취를 보듬고 기억하던
나만의 조그만 역사!
일기장을 불사르던 기억이 떠오른다

왜 그랬을까?

아~ 이제 생각난다
그 기록은 몸부림의 흔적이었을 게다
일상을 탈출하여 보다 나은 내일에의

염원의 장이었을 게다

그러나 하루하루를 맞이하면서
달라지지 않는 평상에의 반란으로
나는 그 흔적을 불살랐을 게다

망막이 톡톡 튀는 느낌이다
이제 다시 펜을 들어 어떤 염원을 담아
흔적을 남길 것인가?

불살라 날려 버린 일기장에 대한
아쉬움이 묻어나면서
새로운 각오에 대한 회의가 다시 교차되는
정돈 안 된 내 마음의 갈피여…

동통과 함께 머리를 무겁게 짓누른다

뭔가라도 적고나 가지…

■ ■ ■

글쓰기한 것을 정리하다 한강에서 투신 자살하는
많은 이들의 기사를 보고 느낌을 글로 올렸던 세상 보기를
발견했다
너무나 당황했다. 마치 내 조카의 주검이라도 예견한 것 같은…
바로 일주일 전에 49제를 마쳤으니…
그놈은 배낭에다 돌덩이를 잔뜩 처넣고 그렇게 투신했다
유서도 한 자 남기지 않고…
그놈은 세상에 대하여 한 마디 남길 가치도 없는 촌충의 세
계라 여겼음직하다
그 숨! 호흡함이 끊어질 때 고통을 모를 리 없는 저 난간에
몸걸쳐
강물에 뛰어드는 그들 그들!
그들 중 하나가 돼 버린 그놈.
다름아닌 내 여동생의 자랑스러운 큰아들!
27살난 배우를 지망하던 착한 지형이었구나…
너에게 세상에 살아남은 자 한 사람으로서 고개를 떨구며
다시 한 번 내세를 믿으며 좋은 세상을 만나기를 기원한다
~지형아 니가 쓰려고 책상에 얹어둔 메모지와 볼펜이 가물
거리누나
~아 아 흔적조차 남기고 싶지 않은 세상이었더냐
미처 무대에 못 올라간 배우의 넋두리라도 적고나 가지…

3 _

김관수 칼럼

이 가을에 인생을 다시 한 번 음미해 보자!

2009년 10월 12일 / <삼개신문> 20호

아침저녁으로 선선한 바람이 옷깃을 여미게 한다.

계절의 변이는 어김이 없다.

사계절의 순환을 무릇 오늘에야 느끼는 것이 아닐 텐데 유독 이 가을에 느끼는 소회는 더욱 남다른 것 같다.

이게 모두 나이 탓인 거 같다.

악다구니같이 지나온 옛 시절이 주마등처럼 스친다.

뭐 그리 대단한 일이라고 그 일을 해내지 않으면 안 되었던 시절이 이제야 부질없음을 느낀다.

가을이라는 계절이 주는 센티멘털인가? 만약에 이런 생각을 젊은이들이 하고 있다면 그들의 장래는 희망이 없다고들 말하겠지….

소위 비전이 없다고 훈계라도 들어야 될 것이다. 그러나 내 나이쯤 되면 정말 산다는 것에 대한 회의가 느껴지기도 한다.

결국은 다람쥐 쳇바퀴 도는 일상의 연속이 아닌가?

부귀 영화가 무슨 소용이 있을까?

올라가면 내려와야 되는 이치는 옛날이나 지금이나 다름이 없고…. 흔히 하는 말로 부자는 세 끼 밥 말고 더 채워질 수 있는 위장의 소유자인 것인가?

생뚱맞은 얘기를 해 봐야겠다. 부부지간의 교접을 시간으로 따지면 얼마나 될지 계산해 보자. 소위 쾌락을 느끼는 찰나의 순간 말이다. 계산을 해 보면 평생 불과 몇 시간 몇 날도 되지 않는다.

그렇다면 인간은 어디에 가치를 두고 살아가야 할 것인가? 물음에 답이 선뜻 안 나온다.

얼마 전에 승용차를 운전하고 홍대 앞을 나간 적이 있다. 워낙 사람의 교행이 많은지라 극히 서행으로 운전을 하며 진행했다. 그런데 갑자기 백미러 치는 요란한 소리가 들린다. 분명 앞의 시야에서는 충돌할 어떤 상황도 아니었다. 이건 작정하고 문제를 일으켰다고 판단되어 차를 세우고 밖으로 나왔다.

이게 웬 날벼락인가…. 버럭 소리를 질러대고, 욕설이 장난이 아니다. 그것도 새파랗게 젊은 친구 둘이서이다.

어이가 없었다. 대꾸할 가치조차 느끼지 못했지만 사태는 수습해야 하는 상황이어서 대화를 시도했지만 막무가내이다. 사람을 치고 뺑소니를 쳤으니 처벌을 받아야 된다고 윽박지른다. 이건 완전히 자해 공갈단 수준이다. 끓어오르는 분노를 삭이느라 나 자신과의 치열한 투쟁이 순간 계속되었다.

잘 잘못은 가부간에 젊디젊은 친구들한테 당하는 모욕감은 이겨낼 수 없는 굴욕이라 생각돼서 나 자신을 주체하지 못하고 응징하려는데, 주위의 만류로 겨우 진정이 됐다.

사회가 왜 이렇게 됐을까 자조하면서 실소를 금할 수 없었다. 이렇게 흘러가고 있는 것이 요즘 젊은이들의 내면 세계라면 이건 정말 큰일 아닌가?

그러나 이런 작태는 빙산의 일각일 뿐 아직도 우리 사회는 건전하게 유지되고 있다고 생각한다. 며칠 전 목격한 일만 보더라도 아직 우리 사회는 살 만한 가치가 있다고 본다.

길가에 쓰러진 사람을 스쳐 지나가지 아니하고 112 신고 후 백차가 당도하는 걸 확인하고 상황 설명까지 곁들인 뒤 발길을 돌리는 젊은이를 보고 큰 감동을 받았다.

이 사회는 먼저처럼 속물 근성으로 사는 패륜 인생도 있지만, 후자의 경우처럼 건전한 사고 방식의 젊은이가 더욱 많기 때문에 안정되게 사회가 유지되어 가고 있음에 안도하게 된다. 겉으로는 가장 애국자인 양 처세하면서도 속으로는 곪을 대로 곪은 일부 사회 지도층을 보면 구역질을 느끼게 된다. 하지만 세상에 내 입맛대로만 살 수 없는 것도 엄연한 현실이다.

어쨌든 지금도 지구는 돌고 있다. 살맛나는 세상을 위하여 내가 먼저 선을 행하고 실천하자. 그리고 젊은이들의 꿈을 응원하자. 지금보다 나은 환경 속에서 살게 되는 미래의 우리 후손들을 위해−

생각이 젊으면 그는 청춘이다

2010년 1월 2일 / <삼개신문> 23호

"당신 나이를 생각해"

몸이 좀 나른해서 "어이쿠, 왜 이리 컨디션이 좋지 않지?" 하고 푸념처럼 내뱉는 말에 나의 아내가 내게 던진 말이다.

나이를 의식하지 않고 줄기차게 달려온 내 인생이다. 무릇 나만이 그렇지는 않고 대개의 우리 또래의 동년배들이 살아온 인생 여정이라 느껴진다.

가만히 생각해 보니 그렇기도 하다. 젊은 시절 물불을 가리지 않고 용기 충천해 있던 그 시절을 회상하니 지금의 나는 그때의 신체 구조는 아니라고 생각된다. 그렇지만 억지를 부리면 젊은 시절의 나일지라도 피곤해서 하품 정도야 하지 않았나 그렇게 생각된다.

마음 속 한구석에 아내의 투정이 못마땅한 구석이 있다. 비록 환갑을 지난 나이지만 그렇게 비아냥조로 질타를 받는다는 사실이 너무나 처량하다. 그리고 섭섭하다.

20대가 갓 넘었을 때의 일화 한 토막이다. 힘깨나 쓴다고 큰소리쳤지만 동네의 할아버지에게 어이없게 팔씨름 도전에서 패한 경험이 있다. 그 노인 왈, "아직도 니네들은 내 상대가 못 돼"였다. 어떻게 억울했던지 두 번 세 번 도전했지만 역시 여전히 나의 패배였다. 그때 얻은 교훈이 '건강 관리만

잘 하면 저 나이가 돼서도 힘을 쓸 수가 있겠구나'였다.

요즈음도 돌아보면 옛날 그분처럼 노익장을 과시하는 인사들이 있다. 우선 관계나 정계, 경제계에서도 흔히 볼 수 있다. 일일이 거명을 하지 않더라도 지난번 총리를 지냈던 한승수 총리가 그랬고, 최시중 방통위원장, 국회에서는 이용희 전 국회부의장, 이회창 자유선진당 총재가 모두 현역일 때 노익장을 과시하고 있었으며, 효성재벌도 총수 회장이 65세에 이르러서야 창업을 해 오늘날의 회사를 일궈왔다고 한다. 단지 나이는 숫자에 불과한 좋은 본보기이다. 항간의 움직임 중에 조기 명퇴가 있다. 다 나이를 빗대어 일어난 일들이다. 다만 그렇게 된 연유는 경제 사정에서의 귀결이라고 본다. 그러나 모든 분야에서 이렇듯 사오정의 잣대를 들이대서야 되겠는가? 다 제 각기 그 세대별로 가지는 특성이 있다 할 것이다.

젊음과 경륜이 어우러지는 사회가 이상 사회라고 본다. 사오정의 논리라면 미국의 오바마 대통령이 40대 대통령이라 해서 미국의 상·하원 의원들이 나이가 젊을까? 또 그 휘하의 공무원들이 2,30세대로만 채워져야만 되지 않을까?

힐러리 국무장관만 해도 우리나라 나이로 환갑이 넘은 여인이다. 이상한 논리가 한국 사회에 팽배해 있다. 더욱이 노인 경시 풍조로 이어져가고 있는 듯한 안타까움이 있다.

나이가 젊은 20대라도 생각이 고루하고 노쇠하면 그는 늙은이다. 지금 20대 청춘이라도 세월은 동아줄로 꽁꽁 붙잡아 매도 흐르게 돼 있다. 그들도 언젠가는 노인이 된다. 비록 나이가 들어 신체적으로는 노쇠했을망정 생각이 젊으면 그는 청년이다.

지금은 고령화 시대이다. 지금 나이 먹은 노인들은 옛날 고려장 시절 그 세대와는 다르다. 현재 나이에서 20년을 빼도 될 만큼 신체적 구조도 달라져 있다. 그만큼 신체적으로도 건강한 것이 이즈음의 노인들이다. 따라서 노인 문제에 대한 사회적 인식과 정책 개발이 필요할때이다.

필자도 다가오는 미래에 대한 준비로 여러 가지 계획을 하고 있다. 컴퓨터 관련 공부를 위해 대학에 적을 두고 있고 인터넷 관련 사업도 구상하는 중이다.

꿈꾸는 것은 저마다의 자유 아니겠는가?

나이는 숫자에 불과한 날이…

2010년 5월 29일 / <삼개신문> 26호

6월 2일 실시하는 제5회 동시 지방 선거가 이제 종착역에 다달았다. 특히 이번 선거는 예비 후보로로서 등록해 합법적으로 선거 운동을 할 수 있는 기간이 꽤 길어졌다. 그만큼 후보들의 심신의 피로도 더욱 가중돼 넉아웃 지경일 게다. 그나마 당선이 되는 후보는 영광의 기쁨과 함께 모든 피로감이 눈 녹듯이 사라지겠지만 낙선한 후보들은 그야말로 죽을 지경일 게다. 모든 인생사가 그렇지만 한 치 앞도 내다볼 수 없는 소이로 마땅히 당하는 귀결을 어찌할꼬.

이번 선거에서 관전하는 이들의 눈요기감으로는 단연 민주당 구청장 후보들의 경선 과정이었다. 총 8명의 후보가 나와서 마포의 미래를 장밋빛 공약으로 치장하면서 래이스를 벌였지만 승자는 하나가 될 수밖에 없었고, 그 영광은 이미 구청장을 한 번 지낸 박홍섭 후보에게로 돌아갔다.

이미 칠십의 나이를 바라보면서 노익장을 과시했다. 젊은 후보들의 입장에서 보면 확 밀어내야 하는 타깃인데 역공을 허락하고 말았다. 나름대로의 경선 전략이나 전술이 있었겠지만, 밖에서 관전하는 관중의 입장에서 보면 실로 놀라운 돌파력이 아닐 수 없다. 따라서 박홍섭 후보의 경선 승리는 실로 시사하는 바가 크다 하겠다.

요즘 웬만한 직장에서는 나이 오십만 되어도 퇴물 취급을 받는 것이 다반사인데, 고령의 나이에도 불구하고 젊은이들을 제치고 공천을 거머쥔 것은 세태의 조류로 볼 때에는 가히 파격적인 일이다.

　아무리 능력이 출중하고 재색이 겸비된 양귀비라 하더라도 세월이 가면 늙고 병들어 죽음을 맞이할 수밖에 없다. 젊음을 붙잡아 매는 동아끈은 없는 것이다. 그래서 노인을 존중하고 나이를 더 먹은 사람을 존대하게 되는 것이 전통처럼 자리잡은 것이 동양의 윤리라고 본다. 내가 나이 먹어도 아랫사람으로부터 내가 웃어른들에게 공경의 모습을 보여준 것과 같이 공경을 받고자 하는 품앗이 심리 말이다.

　젊은 후보들이 나이 먹은 후보에게 패했다는 사실을 세대 교체적 사고 방식으로는 생각하지 않았으면 한다. 어쩌면 진정으로 축하해 주어야 할 일이라고 본다. 젊은이들이 고령의 나이를 먹는 그때쯤은 인류의 수명이 백 세를 넘길 것이라고 생명과학자들은 말하고 있다. 그렇다고 치면 하나의 전통을 먼저 박홍섭 후보가 닦아 놓고 있는 것 아니겠는가….

　그래서 이쯤에서 한번 생각해 볼 일은 나이는 숫자에 불과하다는 것이다. 지금도 평균 수명이 옛날과 비교될 수 없을 정도로 모두들 노익장을 과시하고 있다.

　앞으로는 팔십이 넘는 나이에 공직 선거 등에 도전하는 많은 사람들이 있으리라고 본다. 나이를 먹어 노망 부리지 말고 얼른 후배들에게 하던 일 넘겨 주라는 말이야 말로 치매로 여겨지는 날이 도래하리라고 본다.

　다만 오래 사는 것이 능사가 아니라 건강한 정신에 건강한 육체가 따라주어야 할 것이다.

실종된 시민 의식 어디서 찾나?

2010년 7월 15일 / <삼개신문> 29호

얼마 전부터 저전거를 타기 시작했다.

원래 그 자전거는 큰 처남이 타던 것인데, 시골로 낙향하면서 나에게 양도했다.

자전거를 대문으로 들고나기가 번거로워 집 옆 도로변 펜스에 시근 장치를 하고 놔뒀는데, 용케도 시근 장치를 풀고도 박사님이 날름해 갔다. 그래서 새로 시작한 자전거 운동이 며칠간 중단되었는데, 이 소식을 들은 사위가 효도한답시고 꽤나 신형 자전거를 구입해 줬다.

이렇게 시작한 자전거 운동이 너무 상큼하고 뿌듯하다.

서강대교 밑에서 출발하여 행주대교까지 강행군이다. 그야말로 마포 사람들은 많은 혜택을 요즘 들어 많이 받고 있는 것 같다. 상수동이나 망원동 등에서 육갑문을 통해 둔치를 통과하여 시원한 강줄기와 잔디밭의 포근함을 접할 수 있기 때문이다. 소위 문안의 사람들은 주차 요금을 내면서 자동차를 통해 들어온다. 이에 비하면 마포 사람들은 얼마나 다행인가.

그 동안 서울시에서 많이 공을 들였다. 난지 캠핑장 부근 조경은 그야말로 명품이다. 그래서인지는 몰라도 자전거 운동족이 너무 많이 교행한다.

처음 자전거를 타고 나가서 면박받은 일이 있다. 나는 왼쪽 오른쪽 지그재그로 생각 없이 달리고 있는데, 뒤에 오던 청년이 아저씨 한쪽으로 가세요 한다. 생각해 보니 내가 자전거 통행에 엄청난 피해를 주고 있었다.

다 잘 하는 것 같아도 인간은 실수하기 마련이란 걸 새삼 깨달았다. 조금만 생각해 보면 이내 알 수 있는 질서 파괴 행위였던 것이다. 모름지기 어디에서나 질서가 존재하는 것이다.

그 일을 당하고 나서 얌전히 한쪽으로 주행하는데, 내게도 불편한 꼴을 목도하게 된다. 엄연히 자전거 도로와 인도가 분리돼 있는데도 양손을 휘저으면서 마치 '온 천하가 내 발 아래 있소이다'처럼 의기 양양한 도보 운동꾼들이 너무 많은 것에 놀라지 않을 수 없었다.

더구나 이들은 황사 때문인지는 몰라도 각양각색의 마스크를 하고 좌우 옆은 안중에도 없다. 어쩌면 복면 비슷한 걸 하고 노출 안 되는 심리적 안정감으로 횡포를 부리고 있는 게 아닌지 심히 불쾌한 걸 경험했다.

자전거 전용 도로에 진입한 마니아들이 엄청나게 많고 속도도 보통 4,50킬로 밟는 것은 다반사이다. 본인의 안전을 위해서라도 보도를 이용해야 할 것이다. 이제 갓 4,5살되는 어린아이들을 데리고 나온 부모들이다. 자전거 타기를 완전히 습득한 게 아니라 두,세 발 가면 넘어지고 또 넘어지고 하는 연습족이다. 이들 때문에 충돌 위기를 여러 번 맞이하게 된다. 한쪽에서 숙달되도록 훈련을 마치고 나오면 안 될까? 만약 불행한 일을 당하면 어디에다 하소연할 것인지, 그야말로 여러 사람 피곤하게 하는 행위가 아닐 수 없다.

아니 정말 화나는 일이 또 하나 있다. 사랑스러운 건 자기 일이지 줄도 매지 않고 강아지 또는 견공을 데리고 나오는 사람들이다. 옆에서 살펴보면 맨손 차림이다. 만약 큰 거라도 실례하면 어떻게 처리하려 하는지 모르겠다. 이런 걸 일일이 단속관을 풀어 간섭해야 할 것인지….

너무나 시민 의식이 결여돼 있음을 통감하게 된다. 어쩌면 그들이 뻔뻔스럽기까지 하다.

남을 배려하는 것은 조금만 주의를 하면 된다. 나 아닌 남이 무엇이 불편할 수 있을 것인가?

미뤄 생각해 보는 시민 의식이 절실할 때이다.

백설처럼 희디흰 공정 사회를 위해서

2011년 1월 1일 / <삼개신문> 신년호

■ ■ ■

　온 세상이 눈으로 하얗게 덮였다. 하얀 순백의 세계는 아름다운 세상으로 비춰지고 있다.

　이 설경의 장관! 한편 이런 아름다운 은빛 세상의 이면에는 더러움이 함께 있다. 또 많은 이들이 제설 작업에 동원돼 괴로움이 되기도 한다.

　눈 밑에 깔린 지저분한 오물까지도 하얗게 표백시켜 줬으면 하는 바람이 든다.

　요즘 세간에 화두는 공정 사회이다. 이 대통령이 언급한 이래 사회 각계에 빠르게 전파되고 있다. 그러나 어쩌면 말의 유희일 뿐 실속 있는 말인지는 미지수이다. 공정 사회는 공평 사회이다. 사회 곳곳을 꿰뚫어보면 공평이란 아예 애시당초 존재하지도 않는 것 같다. 그렇기 때문에 더 공정 사회를 부르짖고 있는지도 모른다. 강한 자와 약한 자! 가진 자와 못 가진 자! 건강한 자와 병들어 지쳐 있는자! 높은 자리에 있는 자와 바닥을 기는 자. 어디 한 곳이라도 공정하고 공평한 사회라 말할 수 있는 곳은 드문 것 같다.

　세밑을 보내는 오늘의 현실을 보자.

　연탄불이나마도 지피지 못하고 전기 장판으로 유난히도 추운 겨울날을 보내고 있는 절대 빈곤층을 비롯해 사회의

소외 계층은 발 디딜 곳이 없다.

이런 지경인데도 어떤 관리는 아직 우리나라는 복지를 얘기하기에는 때가 이르다는 망언을 서슴지 않는다. 물론 전반적인 복지 정책을 구현하기가 힘들다는 표현이겠지만, 그 근저에는 가진 자와 높은 자의 투철한 계급 의식이 도사리고 있다고 본다. 노인들의 지하철 무임 승차를 곱지 않은 시선으로 폄하하는 국무총리의 사시적인 안목도 궤를 같이한다고 본다.

공정하고 공평한 사회는 가진 자와 높은 자의 인식 변환이 있어야만 가능하다. 시혜의 개념이 아니라 공생공존의 호혜의 철학이 있을 때에만 그나마 실현 가능한 일이라고 본다.

신묘년 새해를 맞이하여 몇몇 기관장과 선출직에 해당하는 당사자들에게 새해 인사를 부탁하는 공문을 보냈다. 창간 3주년을 맞이하는 시점에서 처음으로 시도해 봤다. 응당 찾아와서 또는 공식적으로 언론사에 요구할 일이라 생각되는데, 일부 인사들은 반응이 없었다.

왜일까? 한 마디로 말하면 지명도가 낮다는 탓일 게다. 그러나 어처구니없다는 생각이 든다. 바로 그들이 공정한 사회를 외치는 주인공들이기에 더욱 그렇다. 때와 장소에 따라 시선을 달리하는 그들의 처사가 용인되는 사회는 공정 사회가 아니다.

이들이 존재하는 한 이 사회의 정의와 공평은 없다. 이들일수록 가진 자와 권력에는 비굴하기 이를 데 없는 암적 존재일 뿐이다. 속과 겉이 다르고, 자기 보신을 위해서는 물불을 가리지 않는다. 가난하고 약한 자의 편에서 일하겠다는 그들의 혀놀림에 아연할 뿐이다. 언론의 사명이 무엇인가?

이런 자들을 가려서 사회에 고발하는 것 아니겠는가… 그야말로 공정한 사회를 위해서 말이다.

남을 배려하는 젊은이들이 많았으면…

2011년 4월 30일 / <삼개신문> 43호

■ ■ ■

종종 나들이할 때 지하철을 이용하는 경우가 있다.

왠지 지하철을 탈 때면 내 나름대로 걱정이 앞선다.

어느 자리에 위치해야 할 것인지 미리 그림을 그린다. 객차가 한산하면 몰라도 좌석이 꽉 차고 서 있게 되는 경우에는 정말 심사가 편치 않은 경험을 여러 번 했기 때문이다.

수년 전에는 경로석의 자리에 젊은이가 앉은 것을 탓해 노인과 실갱이를 벌여 사회적 물의를 일으킨 사건이 있었음을 우리는 잘 알고 있는 터이다. 또 얼마 전에는 현직 고등법원 판사가 성추행 혐의로 옷을 벗은 일이 흥밋거리 사회면 기사가 되기도 했다.

그만큼 지하철에서 운신하기란 여간 편치 않은 일이다. 복잡한 객차 환경에서는 손을 어디에 둘지 고심하지 않을 수 없다. 내리고 있으면 여성의 둔부나 정면의 은밀한 곳에 본의 아니게 접촉될 수도 있으니….

여간 민망한 처사가 아니지 않는가! 혹 입석이라도 할라치면 앉아 있는 상대방에게 눈길이 마주칠까 겁나기도 한다. 필자같이 나이 좀 들어보이는 사람이 우뚝 서 있으면 상대방은 금세 고민에 빠질 것이다. 일어나자니 피곤하고 앉아 있자니 버르장머리 없는 인간이 될 테고….

그래서 나는 지하철 타기가 무서워진다. 아예 나는 지하철을 타는 순간 차량 입구 쪽 중간에 서서 천장만 응시하는 게 버릇이 됐다.

그런데 이런 나를 보고 가까이 다가와 자리를 가리키며 앉기를 권하는 젊은 친구들도 보게 된다. 사양해도 막무가내이다. 허허 웃으면서 호의를 받아들이지만 썩 기분이 유쾌한 것만은 아니다. 그가 나 때문에 겪을 고통이 안쓰럽기 때문이다.

이런 부류의 젊은이들이 있는가 하면 천연덕스럽게 주위의 이목은 아랑곳하지 않는 그런 친구들도 있다. 그러나 어찌 탓하랴? 다 나름대로 이유가 있지 않겠는가?

자리에서 일어날까 말까 그들 나름대로 얼마나 많은 내적 갈등이 있을까? 생각해 보면 측은한 생각까지 든다. 그래서 난 아예 멀찌감치 그들 시야에서 벗어나고 싶어 고민을 하게 되는 것이다. 다만 자기 불편함을 아랑곳하지 않고 나이 먹은 사람들을 배려하는 그런 친구들에게 감사한 마음을 전할 뿐이다.

우리나라가 좀더 부강한 나라가 된다면 배차 시간을 더 빨리할 수 있으면 해결될 터이나 그것을 기대하기란 요원한 이야기이고, 어찌 보면 영원히 해결하지 못할 난제 중에 난제가 아닌가 그런 생각이 든다. 결국에는 사회 도처에서의 인간이 살아가는 데 필요한 예절 교육 내지는 심성 교육에 달려 있다고 본다.

흔히 또 우리는 24시 같은 데서 물건을 사게 될 때도 기분 좋은 일을 경험할 때가 있다. 아르바이트하는 젊은 학생들이 거스름돈을 주거나 물건을 내줄 때 공손히 두 손으로 내어주는 경우를 본다. 그럴 때면 그 젊은이 얼굴을 다시 한 번 쳐다보게 된다. 그게 그렇게 기분 좋을 수가 없다.

이렇게 조그만 습관이지만 남을 기분 좋게 해 줄 수 있다는 사실이 얼마나 흥겹고 정겨운 일인가. 많지는 않지만 도처의 젊은이들이 이렇게 상대방을 기분 좋게 만들어주고 있다는 이 사실에 나는 미래의 대한민국이 탄탄 대로를 걸어나갈 것이라고 굳게 믿는다.

예의나 예절은 학교 교육이나 가정 교육을 통해서 많이 접하지만, 이것을 실행하는 데는 그 나름대로의 각자 심성에 있다고 본다. 그렇더라도 사회적 환경이 예(禮)를 중시하는 풍토가 된다면 생활 속에서 관습이 되어 실천이 되어진다고 본다.

점점 삭막해지는 세태에 아직도 도처에 젊은이들이 나 아닌 이웃을 생각해 가면서 밝게 커가는 모습에 미래를 기대해 본다.

오월의 단상(斷想)

2011년 5월 20일 / <삼개신문> 44호

오월은 신록이 우거지는 계절의 여왕이라고 불리어진다. 그 만큼 싱그러운 계절이다.

또 오월은 어린이날을 비롯한 행사가 많은 달이기도 하다. 특히 청소년과 가정의 달과 관계되는 행사가 많은 달이기도 하다. 더욱이 청소년과 가정의 달과 관계되는 행사가 많다. 그리고 행락철이기도 하다. 한 마디로 포현한다면 5월은 무척 바쁜 달이기도 하다. 어린 자녀 손자에게 사랑을 표시해야 되고, 부모님에게는 존경을 표시해야 되는 그런 계절이다. 부부의 날도 있어 동부인하고 그럴 듯한 레스토랑에서 외식이라도 해야 남편의 체면이 설 수 있는 달이기도 하다.

이런 모든 것은 인간이 정해 놓은 인위적 산물이다. 그만큼 오월은 인간의 감성이 가장 풍부해지는 달이기도 하다. 감성를 자극한다면 시 구절보다 더한 것이 있겠나 싶다.

우선 전동진 시인의 작품을 한 수 감상해 보자.

<오월의 화전> 전문(全文)
폐허와 잿더미를 털고 날아오른다는 불사조의 전설을 믿습니다.
그 긴 불의 꼬리가 쓸고 가는 자리마다 타오르는 산에, 들에, 불, 불, 불

저기 소복 소복 흰 국화송이, 송이, 한 꽃잎 떼어다 그대 묘석에 살포시 대이면 후욱, 금방이라도 오월의 숨결을 타고 사뿐 날아오를 것 같네,

잎 내려앉은 자리마다 들불 번지겠네. 그 불길 따라 피어나는 오월의 화전(花田) 형형색색, 꽃치레로 피었던 개나리 진달래 벚꽃이며 목련들 한 차례 몰려간 뒤 거기 조팝꽃이 피네,

보릿고개 꼴깍 꼴깍 넘겨주던 산에 들에 쌀밥보다 희게도 모락모락 이팝꽃 피네.

오월에 피는 꽃은 밥이 되는 꽃.

소꿉사랑 밥이 되고 찬이 되고 또 무명실에 괴어 언약의 목걸이로 빛나던 산에 들에 마을에 감꽃이 피네.

오월에 피는 꽃은 살이 되는 꽃,

한입 가득 베어 물면 방울방울 허기진 마음도 넉넉하게 불러오던 아카시아,

흰 풍경(風聲)으로 울려 퍼지네.

필자가 갑자기 이 시를 소개하는 것은 너무나 바삐 보내고 있는 오월의 일상에서 독자 여러분과 잠시 쉬어가기 위함임을 밝힌다.

오늘 저녁에 어느 티브이 프로의 진행자가 했던 말이 생각난다.

"진달래·개나리·철쭉·벚꽃·아카시아 향기를 느껴 보셨나요?"라고 방청객에게 질문을 던지는 모습을 봤다.

여의도 윤중제 벚꽃놀이는 꼭 가보겠다고 다짐을 했었는데 부지불식간에 지나가 버렸고, 이제 아카시아 향기가 코 내음을 자극하는 이 계절에는 어찌할꼬 마련 중이다.

벚꽃 얘기가 나왔지만 집 근처 발전소 주위에 나란히 늘어선 벚꽃길조차도 거닐어 보지 못했으니 참으로 한심한 생각이 든다.

무엇 때문에 이렇게 바쁘게 살고 있는지 자문 자답해 본다. 바쁘기는 오죽 바쁜가, 인터넷 신문하랴, 종이 신문하랴, 인터넷 라디오 방송하랴−

누구 알아주는 사람 없어도 브레이크 없는 자동차 달리듯 달려만 가는 필자 인생의 종착역이 궁금하다.

그런 가운데 뿌듯함을 느낄 수 있는 일이 있어 행복하다. 네이버에 '아이스팟뉴스' 기사가 정기적으로 등재되고, 라디오 피플 애청자가 나날이 늘어가는 희열을 맛보고 있으니….이 모든 것이 주위의 관심과 격려 덕분이라고 믿는다.

박차를 가할 것은 〈삼개신문〉이 제 궤도에 오르게 하기 위해서 더욱 열심히 뛰어야 할 일이고, 또 그것이 과제이다. 지금처럼 묵묵히 큰 욕심 없이 버티고 정론직필을 펼친다면 마포의 정론지로 우뚝 설 수도 있지 않을까 생각한다.

오월이 다 가기 전에 마누라 손을 잡고 북한산이라도 한번 올라야겠다.

그저 슬프기만 하다

2011년 6월 6일 / <삼개신문> 45호

본지 자문위원 중 한 분의 자제가 모 정당의 지역 위원장이 되었다. 명문 사립대 법대 출신이다. 판·검사가 되기를 희망하면서, 그래서 갖은 고생을 하면서 뒷바라지했지만 결국 꿈을 이루지 못하고 평범한 샐러리 맨 길을 걷다 돌연 정치에 발을 디딘 것이다.

부모의 입장에서는 썩 내키지 않은 아들의 선택이지만, 이제 머리가 다 큰 아들의 선택을 나무랄 수도 없고 그저 지켜보는 수밖에는 별도리가 없었다고 했다. 더구나 그 정당이 추구하는 이념이나 정강 정책은 평소 비판적이기까지 했으니 통 마음이 불편했다고 한다.

그러나 어쩌겠는가…. 아들이 선택한 길인데 앞장 서서 지지하지는 못할망정 훼방을 놓을 수는 없지 않은가….

그 자문위원분은 또 요즘 행동하기가 여간 불편하고 조심스럽단다. 예전처럼 주위에 부담없이 큰소리칠 때 치고 따질 일 있으면 정교하게 따지고 하는 성격인데, 이즈음에는 영 조심스러워 행동이 부자연스럽다고 술회한다. 잘된 일은 몰라도 혹 사회적으로 비난받을 일이라면 그것이 곧 화가 되어 몽땅 아들의 명예에 누가 될 일이기 때문에 극히 조심스럽게 행동하는 것은 당연한 일일 게다.

그분은 또 술회하기를, 요즘 자기 자신의 의식 구조에 변화가 있음을 실감하고 있다고 한다. 예전 같으면 그 당에서 부르짖는 구호나 정책에 민감하게 반응하면서 앞장 서서 독설을 퍼붓기도 했는데, 침묵하게 된 자신을 보고 본인 자신조차 의아한 생각이 들었다고 한다.

그뿐만 아니라 혹 타인으로부터 그 당에 대한 비난의 얘기라도 듣게 되면 어느 순간에 자기가 그 당의 입장을 변호하게 된다고도 한다. 한술을 더 떠서 그 정당의 홍보 요원처럼 행동하게 되기도 한단다.

한 치 떨어져서 자기 자신을 자세히 뒤돌아보면 그 동안 본인에게 형성된 시국에 대한 인식이 매스컴에 의한 맹목적 주입에 의한 것이었음을 깨닫게 됐다고 진단한다. 그러다가 아들의 정당 책임자 진출로 좀더 가까이 다가서서 선입감 없이 들여다보려는 자세가 생겼기 때문에 예전에 미처 발견하지 못한 사실들을 깨닫게 될 수 있었다고 한다.

상대방을 이해하려는 노력보다도 텔레비전 화면에서 비춰진 표피적인 사안에 보여지는 대로 형성된 자기 인식이 얼마나 잘못된 것인지를 깨닫게 됐다는 것이다.

그렇다. 우리 사회에는 하루에도 수많은 사회 현상들이 텔레비전이나 신문 지상을 통해서 쏟아져 나온다. 단지 화면에 비춰진 그림이나 쇼킹하게 뽑은 신문 제목만 보고 쉽게 현실을 예단하게 되는 것이 통상적 의식 결정 구조이다.

한 가닥 깊이 들어가 사안의 심층을 들여다보는 노력은 게을리한다. 그렇기 때문에 표피적 의식 구조가 형성되는 것은 다반사이다.

그 이면에 깔려진 복심과 저의를 알아채는 훈련이 필요하다.

역지사지라는 말이 있다. 상대방의 입장에 서서 생각해 보라는 것이다. 나 자신의 입장이 아니라 상대방의 입장에 서게 되면 사안의 판단이 달라질 수도 있다. 남을 배려하는 마음이다.

우리 사회는 지금 너무나 이기적인 생각과 이해 타산에 매몰되어 있다. 특히 경색된 남북 관계를 보면 더욱 안타까운 생각이 든다. 상호 호혜적 시각으로 보면 이해 못 할 바도 아닌데 말이다. 브레이크 없는 기관차가 각기 마구 달리고 치닫는 형국이다. 상대방을 이해하려고 하는 접점에서야 문제의 실마리는 풀리게 된다.

요즘 '소통'이 화두가 되고 있다. 진정한 소통이란 자아를 버리고 남을 배려하는 데 있다고 본다.

그런데 왠지 구호만 요란한 생각이 든다. 우리 지역의 유력한 인사가 발행하는 신문에서 이기주의를 버리고 이웃을 배려하자는 논조의 칼럼을 쓴 것을 본 적이 있다.

그분이 자기가 책임자로 있는 단체의 공익 광고를 자기 신문에만 게재케 하는 것을 몇 차례 보면서, 과연 이기심을 버리고 남을 배려하는 삶을 살자고 외칠 자격이 있는지 하는 의구심을 갖게 된다.

겉 다르고 속 다른 영향력 있는 인사들의 작태를 매양 보아 왔지만 눈앞에서 보아야 하는 현실이 그저 슬프기만 하다.

세대간 아량과 호혜가 필요할 때!

2011년 6월 6일 / <삼개신문> 66호

지하철에서 무임 승차를 할 수 있는 경로 우대증을 발급받은 지인의 넋두리가 귀에 선하다. "차라리 이런 제도가 없으면 마음이 덜 불편할 텐데…"

그는 지하철을 타면서 한 가지 고민이 생겨났다고 한다. 경로 우대석을 향하는 발걸음 때문이란다. 어떨 때는 만원 객차 안에서 유독 지하철 경로석만 덩그러니 자리가 비어 있을 때 덥석 앉자니 목석처럼 서 있는 젊은이들에게 미안하고….

어떤 때는 어중간한 나이의 여인네들이 아랑곳없이 경로석을 차지하는 모습을 보고 있을 때란다. 그럴 때는 다시 한번 그녀들의 얼굴을 쳐다보게 되는 민망함이 그를 당혹케한다고 한다. 덥석 일어나 자리를 양보하는 상냥한 부인네도 있지만, 웬만히 지긋한 연세로 보이는 노년층이 아니면 대수롭지 않은 듯 유유자적하는 모습을 볼라치면 울화가 치밀어 분을 삭이기 힘들다고 속내를 털어놓는다.

그럴 때는 아예 그 자리를 피해 객차 중간쯤으로 자리를 피해 본다고 한다. 문제는 그때부터 더 많은 고통스런 연상이 객차 안을 엄습한다고 술회한다. 마치 경로석이 따로 있어 노인네들을 대우하는데, 왜 이쪽으로 와서 우리들의 심기를 불편하게 하나 하는 듯한 경멸의 눈초리가 순간 느껴지고….

아예 외면해 버리는 젊은 군상도 많게 느껴진다. 그래도 이내 늙은 모습을 감지한 젊은 승객이 마치 기다리기라도 한 듯 벌떡 일어나 자리를 양보하는 기사도를 발휘하는 민첩함도 많이 목격하기도 했다고 한다.

이런 백태를 한 마디로 농축해 설명할 수 있는 사례를 들어 설명하는 것을 들어보니 고소를 금할 수 없다.

설명인즉슨, 그를 발견한 젊은 청년이 후닥닥 일어나 자리를 양보하는데, 옆에 앉아서 담소를 나누던 젊은 처자가 인상이 불그락푸르락 오만상을 찌푸리면서 그 청년을 노려보는 모습을 보고 차마 그 자리에 앉을 수 없었다는 해괴한 광경의 스케치다.

그렇다. 인간에겐 젊고 늙음의 차이를 떠나 심신의 피로가 가중되어 살아가고 있음은 주지의 사실이다. 어째 젊은이인들 피로가 없겠는가.

그러나 지하철, 또는 사회 전반의 노인 공경은 젊은이들이 후일 다시 노인으로 살아갈 때 그들이 다시 젊은이들로부터 공경을 받을 수 있는 터전과 전통을 세워가는 것일 뿐 그 이상도 이하도 아닌 것 같다.

누구나 젊음은 있고 있었다. 그러나 가는 세월을 잡을 수 있는 그 어떤 힘도 인간에겐 없다.

역지사지의 심정으로 우리는 전통과 질서를 만들어 가고 있는 것이다.

그래도 우리나라는 동방예의지국이라는 효의 전통 속에서 노인 공경은 세계 어느 나라보다 으뜸인 것은 부인할 수 없다. 언젠가 정부의 고위 당국자가 지하철 경로 우대를 폐할 것 같은 발언을 했다가 곤경에 처했던 적이 있다.

물론 지하철 무임 승차를 마냥 즐기려는 얌체 노인들도 많은 것으로 파악되고 있다. 별일도 없이 자리만 차지하는 노인들의 행차라면 자제되어 마땅하다.

그러나 고령화 추세의 세태에서 노인들이 갈 곳을 잃고 있는 현실을 우리 함께 고민해 봐야 할 당면 문제이기도 하다. 서로가 불편한 동반이 아니라, 세대간 아량과 호혜로 노인은 젊은이를 사랑과 넉넉함으로 감싸 안고, 젊은이는 내일의 그들 모습을 미리 훈련함이 필요할 때이다.

올 가을에는

2011년 9월 26일 / <삼개신문> 51호

사람이 일생을 살아가면서 계절에 의해 지배되는 상념이 때마다 다름을 느끼게 되는 것 같다.

봄날에는 만산에 붉은 진달래 꽃잎처럼 화사하고 넘치는 생동감을 맛볼 것이고, 여름날에는 작렬하는 태양 속에서 정열을….

소낙비라도 세차게 후려칠 때는 개구쟁이의 천진함처럼 모자람을 가뜩 잉태하고 맨땅에 마냥 뒹굴고픈 처연함도 그려 볼 것이고….

어쩌다 빗줄기라도 약해질라치면 그냥 뛰쳐나가 옷자락을 흠뻑 적시고픈 계면쩍은 낭만주의자가 돼 보고 싶기도 할 것이고….

지금 이렇게 계절의 변이를 빗대어 상황을 그려보지만, 이는 모든 이에게 적용되는 그런 감상문은 아닌 것 같다. 사람에 따라서는 전혀 다른 상황을 그릴 수 있을 것이다. 다만 필자의 주관에 의해 바뀌는 계절의 감촉을 상상해 봄에 지나지 않음을 독자들께서는 이해해 주길 바란다.

그러나 유독 이 가을에 느끼는 소회는 어쩌면 모든 남성이 느끼는 공통분모가 있지 않을까?

해서 몇 자 적어나가고 있다.

올해는 정말 지긋지긋할 정도로 장마가 길었다.

지루하게 이어진 짜증난 시간 속에서 선뜻 다가온 상큼한 날씨! 아침저녁으로 제법 쌀쌀한 날씨가 옷깃을 여미게 한다.

세월의 이치는 변하지 않는지라 어김없는 신선한 바람이 전신을 휘감음에 전율을 느끼게 된다. 물론 한낮에는 못다 한 아쉬움이라도 남았는지 기온이 상승하고는 있지만….

얼마 있지 않으면 길거리에 가로수에는 단풍이 들게 될 것이고 이내 낙엽 뒹구는 모습도 볼 수 있을 것이다.

바로 이때쯤이다. 뭔가 허전하게 되고 삭막함을 느끼게 되는 것은 매년 연중 행사처럼 많은 이의 가슴을 시리게 해 왔을 터…. 필자와 같이 인생의 황혼을 걸어가고 있는 처지라면 그 가슴 속의 아림은 송곳날 같을 것이다.

가을은 결실의 계절이라 한다. 비단 오곡 백과뿐만 아니라 우리들 인생에 있어서도 거두어들일 일이 있을 것이다. 아마 그래서 사색하는 계절의 대명사인지도 모른다.

가을은 그래서 좋다.

열매를 맺고 추수하고 수확한다.

그러나 과실을 수확할 수 없는 사람이 더욱 많은 현실이 비감하다.

왜? 다 같지 아니하고 서로 다를까?

인생을 심오하게 생각해 보게 하는 그런 계절이 가을인가 싶다. 혹자는 씨를 뿌리는 시기에 게으름이 있었기 때문이라 힐난 하기도 한다.

내 배부름을 마땅한 내 몫이라 자부하지 않으면 좋겠다. 배고파 허우적대는 인생을 "무능하기 때문이라고만 몰아붙이지 말자!"고도 말하고 싶다.

이상 기온으로 봄 가을이 무척 짧아지고 있다. 이제 가을인가 싶더니 씽씽 매운 바람이 몰아치는 겨울을 맞이할 것이다. 등 따습고 배부른 사람들이 많아지기를 바란다. 혹독한 겨울을 이겨내기 위해서….

지금 서울은 시장 보궐 선거로 후끈 달아오르고 있다. 시민들의 삶을 풍요롭게 해 주겠다고 힘주어 외치고 있다. 딱히 그 말들에 대한 비중을 폄하하고 싶은 생각은 없다. 정말 세 치 혀로 내뱉은 말이 진정성이 담겨져 있길 바랄 뿐이다.

안철수 신드롬이 상상 이상으로 위력을 발휘하고 있다. 그것은 말과 행동이 다른 기존의 정치권을 향한 민초들의 날선 반동 탓일 게다.

쓰임새가 없다면 도태되지 않겠는가?

2012년 1월 10일 / <삼개신문> 58호

요즈음 정치권에서 흔히 대두되는 화두는 세대 교체이다. 기준을 어디에 두고 나온 말인지 궁금하다. 아마 소위 다선 의원 내지는 고령인 노회한 이들을 두고 하는 말일 듯하다.

단지 나이를 많이 먹어서라거나 여러 번 당선된 경력 때문이라면 여기에 찬성표를 던지고 싶지는 않다. 세월은 붙잡아 둘 수가 없으니 지금 나이가 젊다고 큰소리칠일도 아니다. 그들도 바로 어느 순간이 되면 고령자로 되어질 터이니까….

다선 의원도 마찬가지이다. 언제까지나 초선 의원일 수는 없다. 세월이 가면 선수가 늘어나 다선 의원이 되기 마련이니까. 그래서 말인데 노령이거나 다선 의원이 세대 교체의 기준이 되어서는 안 된다.

의정 활동의 성적표와 의정 수행 능력이 바로미터가 되어야 하는 것 아닌가 하는 주장을 해 보고 싶다. 아무리 젊은 정치인이라 하더라도 뚜렷한 의정 철학도 없고 무정견 무소신으로 일관하는 이가 있다면 그가 퇴출 대상이 되어야 하는 것 아닐까….

아무리 나이가 많다 하더라도 국민의 지지를 받는 정치인이라면 그가 사라지는 것은 곧 정치의 공백만 키우는 일이라는 생각은 안 드는지 참으로 궁금할 뿐이다.

여러 번 선거에 당선되었다면 그만큼 국민의 지지를 받은 것 아니겠는가…. 그것이 영광이 될지언정 물러날 조건은 되지 못할 것 같은데…. 다만 후진을 위해 숨통을 터 줄 필요는 있지만…. 그것도 본인의 결단으로 행하여져야지 강권에 의한 것이라면 무리가 있다고 본다.

여기서 우리가 간과해서는 안 되는 사안이 있다.

공무원 사회에서 몇 십년 잔뼈가 굵은 관리들은 전문가 집단으로 봐야 한다. 이들을 상대로 감시하고 견제하는 것이 선량인데, 오롯이 초선이나 재선만 하고 교체된다면 고도로 훈련된 관리들을 상대로 어찌 효율적인 의정을 수행할 수 있을까는 염두에 안두는지 또한 궁금하다.

다선이 많을수록 신인들은 헤집고 들어갈 자리가 없는 것은 사실이다. 그렇다고 인위적으로 물갈이하는 것은 인력의 낭비, 곧 자원의 낭비라고 볼 수 있다.

일정한 룰을 만들어야 된다. 시스템을 갖추고서 일정 부분 제도적으로 수혈해야 한다. 정치인은 표를 먹고 산다는 얘기가 있다. 다른 말로 하면 능력이 없거나, 비리에 연루되거나 신망이 없으면 다음 선거에서 여지없이 낙선하고 만다.

'유권자는 잘하는 이에게 표를 주게 돼 있다.'

'잘하는 정치인이라야 표를 제것으로 먹을 수 있다.'

'정치인의 거취는 유권자들의 표로 심판하면 된다.'

이럴진대 무슨 놈의 세대 교체 타령인가…. 이는 공천에서 배제하고 신진 인사를 투입시키기 위한 말장난에 불과하다. 항상 중앙당 지도부는 전략 공천의 절대 권력을 가지고 있다. 새로운 인물 또는 아까운 인물이 있으면 전략 공천으로 해결하면 된다. 세대 교체라는 금을 그어놓고 살생부를 휘두르면 안 된다. 유권자가 지긋지긋하게 느끼지 않는다면 백 세까지인들 어떠랴 싶다.

노, 장, 청을 아우르는 것이 정치의 조화가 아닌가 싶다.

필자는 세대 교체라는 말이 더 이상 혼용되는 사회를 보고 싶지 않다. 쓰임새가 없어진다면 스스로 도태되기 때문이다.

지금 그대들은 어디쯤 있는가?

2012년 4월 16일 / <삼개신문> 62호

■ ■ ■

　며칠 전에 하얀 목련이 주택가 어귀에 살포시 자취를 드러내기 시작하는 것을 보아둔지라 카메라를 들고 촬영차 채비를 했다. 이번 호에 실릴 봄이 오는 길목에 자료 사진이 필요해서였다.

　이때쯤 만개했을 것을 예상하고 합정로 거리를 걷기 시작했다. 사무실에서 얼마 안 되는 거리였지만 걷는 순간 만감이 교차한다.

　바로 얼마 전까지 유독 이 거리는 국회의원 선거 경선 열기와 총선 본선 열기로 후끈 달아 있었다. 거의 대부분의 국회의원 입후보 경선 주자들이 이 골목의 사무실에 둥지를 틀고 있었기 때문이다. 아마 마포 을의 정치 1번지라 명명해도 가히 틀림이 없을 것이다. 인근에 망원 지하철역이 있는데, 유동 인구가 많은 탓인지 총선 확성기 부대가 꼭 들러가는 코스이기도 했다.

　이런저런 생각을 하는 가운데 문득 '이 거리를 메웠던 그 수많은 정치 지망생들과 낙선자들은 지금 이 순간 어디쯤 있을까?'라는 생각이 든다.

　경선이 진행되는 몇 달 동안 예비 후보로서 자못 당당함과 의연함이 있었지만 패배 후에 보았던 모습은 너무나 초라함 자체였다. 물론 이 생각은 전적으로 필자만의 주관적 견해일 뿐 당사자들의 속내는 알 길이 없지만….

그 어떤 후보도 경선에 낙방하리라고는 전혀 내색을 안 하고 오로지 자신만이 적격자로서 반드시 승리한다고 허장성세로 외쳐 주장했는데, 지금은 공허한 메아리로 남아 있을 뿐 몇을 빼고는 자취도 흔적도 찾을 길이 없다. 물론 살아남아 총선에서 영광의 월계관을 쓴 이가 있으니 경쟁 사회의 법칙일 게다.

왜 그들은 그토록 금배지의 유혹에 집착했을까?

왜 자기 자신만이 적격자라고 올인했을까?

여기에 머무르면 필자는 알 듯 모를 듯 야릇한 재채기가 나온다.

필자가 보기에는 전부가 훌륭한 인재라고 본다. 그렇기에 더욱 안타까운 생각이 드는 것은 인지상정일 게다. 하나같이 어느 영역에서는 일가견을 갖고 있는 동량들이었다.

그들의 패인은 간단하다. 정치를 너무 쉽게 생각한 것이다. 지금은 한 시대의 획을 긋는 변혁기에 접어들었다고 보고 그저 몸을 한번 내던져 본 것에 다름 아니라고 본다.

물론 실패를 거울삼아 차기를 바라볼 수도 있다. 그럴라치면 각고의 노력이 뒷받침돼야 할 것은 그들이 먼저 알 것이다. 이름 석 자를 알릴 요량이었다면 할 말은 없지만….

이 지역에서 당선된 모 인사는 눈이 오나 비가 오나 4년 동안 여러분 곁에만 있었다고 말한다. 이 말이 상징하는 의미가 함축성이 크다. 평범한 말 같지만 여기에 답이 있는 것이다.

국회의원이 되고 싶어 마포에서 둥지를 틀었던 지망생 여러분! 여러분이 추구하는 이념과 그것을 구현해서 국리민복을 얻어내려면 포기하지 마시고 앞으로 남은 국회의원 선거 때까지 4년 동안 눈이 오나 비가 오나 마포에서 유권자들과 동고동락하는 것이 첩경입니다.

그러나 그렇게 해도 누구나 다 되어지는 것이 아니라는 것도 염두에 두어야 합니다. 차라리 여러분이 갖고 있는 본인만의 노하우를 살리고 키워내는 것이 다른 세계에서의 승리를 위해 진짜 필요한 일 아닐까요.

그렇지만 국회의원이 뭐라고….

청순미 넘치는 하얀 목련이 자태를 뽐내는 어귀에 어느덧 도착해서 포즈를 취해 본다.

꿈은 꾸라고 있는 것이다.

허튼 꿈은 없다.

그대들 꿈에 영광 있으라!

노, 장, 청이 어우러지는 상생의 정치를…

2012년 5월 1일 / <삼개신문> 63호

■ ■ ■

　1995년 최연소로 영국 노동당 당수에서 1997년 5월 총선에서는 드디어 최연소 영국 수상에 당선된 토니 블레어를 보고 세계가 깜짝 놀란 적이 있다. 44세의 나이에 영국에 재상이 되었으니 그도 그럴 만하다.

　그러나 그가 당수와 수상이 된 것은 하루 아침에 이뤄진 일은 아니다. 대학을 졸업하고 잠시 변호사로 일하다 26세의 나이에 정당에 몸을 담고 줄곧 정당에 기여하는 20여년 세월을 보낸 결과물인 것이다.

　요즘 우리나라에도 정치에 뜻을 두고 있는 젊은이들이 많이 보이고 있다. 지난 총선에서는 각당에서 20, 30세대를 유치하기 위한 치열한 경쟁도 있었다. 비례대표에도 배정하는 등 각별한 관심을 보였지만, 더욱 중요한 것은 당장의 금배지를 하사하는 작업이 아니라, 정당의 틀 속에서 얼마만큼 동량재로 키울 수 있느냐 하는 토양의 구축에 관건이 있다.

　한두 명의 국회의원을 만드는 것이 능사가 아니다. 아무리 열심히 조직을 위해서 헌신하고 봉사해도 요즘과 같은 공천 시스템이 계속 유지된다면 젊은이들을 불러모을 수 없다. 외부에서 날아온 공심위원장·공심위원들이 각당을 들었다 놓았다 하는 형국에선 머무를 곳이 아님은 너무나 명약관화

하다. 젊은 피가 수혈이 안 되고 정치가 계속 뒷걸음치게 되는 원인 중의 하나라고 보여진다.

대의 명분은 쇄신 공천이라는 미사여구를 쓰지만 그것은 아니다. 17대 국회의원 당선자 299명 중 비례대표 54명을 포함해 초선이 무려 187명이나 되었다. 63퍼센트가 신참으로 교체됐지만 17대 국회의 파행을 너무 많이 보아왔지 않았는가 싶다.

17대 국회를 뛰어넘겠다고 탄생한 18대 국회의 모습은 어땠는가! 파행의 연속이라는 데 이의를 제기할 독자는 없을 것 같다. 외인 부대가 안방을 차지해서는 안 된다.

정당 속에서 검증받아 가며 확인하는 정치 속에서 옥석이 가려지는 시스템을 지금부터라도 만들어 나가야 된다고 본다. 이때라야 젊은이들이 마음놓고 정당 문을 노크하리라 본다. 밉든 곱든 정치가 제대로 바로서야 경제도 청년 실업도 해결할 수 있다.

젊은 피를 적당히 수혈하면서 조금씩 조금씩 정치 문화를 순화시켜 나가는 작업이 필요하다. 나이 많다고 무조건 퇴출해서도 안 되고 쇄신하겠다고 갑자기 제도를 바꿔서도 안 된다.

일정한 룰을 유지해 나가야 내일을 예상할 수 있다. 내일을 전혀 모르는 안개 정국 속에서는 아무것도, 젊은이의 발걸음도 기대할 수 없다.

정치인과 군인을 배제하고 새로운 유토피아를 건설하려던 이상주의자들이 새로운 행성으로 이사 가는 줄거리의 소설이 있었다. 그러나 그 소설 속의 결과는 새로운 권력이 창출되면서 온갖 부패와 오욕이 넘쳐났다고 한다.

정치를 배제했지만 다시 또 정치 행위를 만들어 내야 되는 것이 현실 속의 인간사이다. 비리 문제가 있거나 능력도 없이 지역주의 덕분에 땅 짚고 헤엄 치는 식으로 당선된 다선 의원에 대한 심판도 필요하지만, 그러나 경험과 경륜이 도태의 이유가 돼서는 안 된다.

노, 장, 청이 어우러져지는 조화의 상생 정치가 필요한 시대이다. 그 중에서도 젊은이들이 좀더 적극적인 사고 방식으로 무장하고 정치의 현장으로 나서길 바란다.

이상한 시민 정신?

2012년 5월 15일 / <삼개신문> 64호

■ ■ ■

　며칠 전 한 지인으로부터 볼멘소리를 들었다. 가끔 들러서는 투숙을 하면서 담소를 즐기는 친구의 집에 가서 당했던 사연이다.

　직장을 은퇴하고 적적한 날이 많아 서초구에 소재한 친구 집을 가끔 찾아가 소주도 한잔하면서 세상 사는 이런저런 얘기로 소일하는 것이 큰 낙이 되었다고 한다.

　그날도 여느 때와 다름없이 차를 주차하고 친구 집엘 들러 소주를 대작하다 보니 날이 저물어 그냥 하룻밤 신세를 졌다고 한다.

　새벽에 깨어나서 문득 어젯밤 주차해 놓은 것이 생각나 일찌감치 차를 빼서 집으로 가기 위하여 어제 주차해 논 곳으로 향했다 한다.

　그런데 일렬로 주차돼 있는 5,6대의 차량 위에 각기 불법 주차 스티커가 부착돼 있었다. 그곳은 교통 흐름을 방해할 만큼 복잡한 곳도 아닌데 야간 주차는 괜찮겠지 생각한 것이 오판이 되고 말았다. 그때 시간이 오전 7시 30분경이었다고 한다.

　먼저도 그 블록에 차를 세웠는데, 불법 주차 스티커를 발급받아 과태료를 납부한 적이 있었다. 그때는 오전 9시가 넘은 때라 당연히 잘못을 스스로 인정할 수밖에 없었다.

물론 이면 도로에 교통의 흐름에 큰 장애가 없겠지 생각이 들었지만 그런 대로 넘겨야 했다. 수입도 없는 주제에 자가용을 아예 애당초 갖고 있는 것이 탈이지만, 주차 공간 하나 없는 친구의 살림 규모가 야속하기도 했다.

그나저나 마누라의 툴툴거림을 생각하면 두려운 생각까지 들었다고 한다. 아니나 다를까? 이번에도 날아온 과태료 고지서를 받고 마누라는 노발대발했다고 했다. 벌써 자동차 불법 주차로 세금 낸 것이 얼마냐고 투정 부리면서 당장 차를 처분하라는 명령이 떨어졌다고 한다.

그래서 심기가 불편해 필자에게 하소연 아닌 하소연을 하게 됐던 것이다.

당장 차를 처분하지 않으면 이혼이란다.

그 지인은 은퇴 후 튼튼하지는 않지만 중고차를 구입해 낚시 갈 때나 적적할 때, 친구 집을 방문할 때에 유일한 동반자가 되어준 애마라 여겨 마누라의 차 처분 통고가 심한 중압감으로 다가오고 있음을 필자에게 고백하는 것이었다.

과태료 납부 고지서를 받아들고 이내 서초구청으로 전화로 항변을 했는데, 들리는 대답은 그를 위로하기엔 역부족이었다.

"아니 교통이 복잡하지도 않고 통행에 불편을 주지도 않는데 새벽같이 딱지를 떼는 법이 어디 있소?" 하고 외쳐댔지만 "그건 민원인이 모르시는 말씀"이란다.

말인즉슨, 시도 때도 없이 민원이 들어와서 단속을 안할 수가 없는 입장이라는 것이다. 신고를 받으면 안 나갈 수 없다면서 해당되는 사유가 있으면 이의 신청을 하라는 답변만

들었다고 한다.

문제로다. 서울 시내에서 주차난이 가중돼 서민 생활이 어려움이 증폭되고 있다.

월세는 살고 있을망정 자가용은 필수가 돼 버린 요즘 세태이다. 주차난이 심하지만 공용 주차장, 또는 사설 주차장도 막상 닥치면 찾기 힘들고 주차비 또한 만만치 않다. 그래서 웬만하면 눈치껏 주차를 하는 것이 서민들의 주차 습관으로 자리잡고 있다.

그런데 야간, 그리고 새벽에 무슨 이해가 걸렸다고 그렇게 민원을 제기하는지 그 사람의 사연을 듣고 싶다.

우리나라 사람은 고발 정신이 특히 미약하다고 알려져 있다. 불의를 외면해도 죄악이지만 이렇듯 매사를 고소 고발로 처리하려는 얄팍한 시민 정신도 문제라 여겨진다.

고마운 경찰아저씨

나는 몇 해 전 경찰로 인해 엄청난 명예 훼손과 공인으로서 본의 아니게 손가락질과 멸시를 당하는 대사건을 몸소 경험한 바 있다.

그후 담당 경찰관은 물론이고 상급 관리자인 서장에게서 진중하고도 성의 있는 사과를 받아내긴 했지만, 나에겐 영영 지울 수 없는 상처로 지금껏 자리매김하고 있는 뼈아픈 기억이 있다.

(자세한 것은 저의 졸작인 〈다시 일어선 풀잎처럼〉에 자세하게 기술돼 있음)

그후 크고 작은 사건 속에서 경찰관들이 격무에 시달리는 것보다는, 쥐꼬리만한 사법권을 이용해 자의적이고 편리한 입장에서 민중에게 위압적이고 배타적인 방향의 조직으로만 치부하면서 피해 가야 하는 필요악처럼 생각하는 사고의 경직성을 유지해 온 것이 사실이다.

그런데 나에게 이러한 사고가 좀 지나치고, 대다수 음지에서 묵묵히 맡은바 책임을 다하는 민중의 지팡이로서의 파수꾼이 또한 경찰관이라는 엄존하는 현실을 직접 경험하게 된 사례가 있어 여기에 소개하고자 한다.

바로 얼마 전의 일이다. 부산에서 쭉 생활하시다 두달 전에 여생을 딸과 함께 보내려고 마포의 우리 집으로 거처를 옮기신 여든세 살 되신 장모님의 가출 사건이다.

　낮에는 거의 식구가 집을 비우는 게 우리 집 사정이다. 그래도 가족들이 틈을 내어서 노인네를 돌봐왔는데 그만 잠시 방심한 탓에 노인네가 산책 겸해서 마을 어귀를 돌다 보니 그만 방향 감각을 잃고 미아 아닌 거리를 홀로 배회하는 집 잃은 딱한 처지가 되고 말았다.

　동네 자체가 워낙 좁은 골목이 많은지라, 젊은 사람들도 한 번 온 길을 선뜻 찾지 못하는 판국인데, 노인네의 입장에서는 더 말해서 무슨 소용이겠는가? 그러니 동명은 고사하고 전화 번호도 제대로 암기하지 못하는 형편이므로 노인네가 얼마나 안절부절했을지는 보지 않았어도 뻔한 노릇 아니겠는가?

　이런 장모님을 이 고마운 경찰관 아저씨들이 말 그대로 민중의 지팡이 노릇을 톡톡히 해낸 것이다.

　어찌 보면 당연한 일 아니냐고 혹 말씀하실 분들도 계실는지 모르지만 당사자인 장모님! 그리고 딸, 사위되는 우리의 입장에서 보면 그렇게 고마울 수가 없는 일이다.

　한 손에는 음료수를 대접하면서 또 한편으로는 기억을 되살리게 하느라고 친절히 응대하면서 몇 시간을 집 찾느라고 땀 흘리신 그분들의 노고는 백번을 칭찬해도 모자랄 일이다.

　얼마 전에 환갑도 안 된 아들을 저세상에 보낸 망실감과 함께 노인이 몇 시간 동안 집을 찾지 못하고 가족과 영 이별이 될 수도 있다는 당황스러움! 아직까지도 마음을 추스려 진정을 못 하는 형세이다.

이 미담의 주인공들은 바로 마포경찰서 서강파출소. 어제 정오 이후 근무자들 4~5명이다.

결국 가까스로 사위가 예전에 하던 일을 기억해 내어 부랴부랴 전화로 수소문해서 안전하게 귀가를 했지만, 참으로 고맙다는 말씀을 이 자리를 빌려 드리는 바이다. 아울러 차제에 일부 경찰관에 대한 나의 선입견에 대해서도 이 자리를 빌려 불식하겠다는 약속을 드리며, 이렇게 묵묵히 자기 맡은 바 책임을 다하는 다수의 많은 경찰 공무원과 그 가족에게도 심심한 감사를 표함과 동시에, 많은 분들이 이 사회에 파수꾼 역할을 하는 경찰관아저씨들에게 뜨거운 격려와 성원을 보내주실 것도 함께 염원해 본다.

그리고 정책 당국자들은 점점 고령화되어 가는 추세의 현 사회에서 치매 노인과 맞벌이 부부들에 대한 대책이 있어야 함은 물론이고, 국민 여러분도 현실 인식을 함께 해 주기를 부탁 드리면서 한 가지 제언을 하려 한다.

취학 전 아동들을 보육원에서 부모 출타시 보호하는 것처럼 낮에 혼자 남게 되는 노인들을 위한 탁아 시설 아닌 탁로 시설도 못지않게 중요한 사회적 과제라고 분별해(이 사건을 통해서 볼 때), 노인정 아닌 탁로원 설치도 적극 검토해 주기를 긴급 제안 드리는 바이다.

"대한민국 경찰 만세!!"

비켜가는 바람이여!

1판 1쇄 인쇄 2015년 11월 15일
1판 1쇄 발행 2015년 11월 25일

지 은 이 김관수
편집주간 장상태
책임편집 김원석
디 자 인 정은영

펴낸이 김영길
펴낸곳 도서출판 선영사
주 소 서울시 마포구 서교동 485-14 영진상가 지층
TEL (02)338-8231~2 **FAX** (02)338-8233
E-mail sunyoungsa@hanmail.net

등 록 1983년 6월 29일 (제02-01-51호)

ISBN 978-89-7558-848-8   03810